DMZ

ABGESTÜRZT

DMZ: ABGESTÜRZT erscheint bei **PANINI COMICS**, Ravensstraße 48, D-41334 Nettetal-Kaldenkirchen. DC Comics werden unter Lizenz in Deutschland von PANINI Verlags-GmbH veröffentlicht. Druck: Arti Grafiche U. Soncini. Pressevertrieb für Deutschland, Österreich und Schweiz: Stella Distribution GmbH, D-20097 Hamburg. Direktvertrieb für Deutschland: Panini Verlags-GmbH, Rotebühlstr. 87, D-70178 Stuttgart - Auslieferung über Rübartsch & Reiners GmbH & Co. OHG, D-41199 Mönchengladbach. Direkt-Abos auf **www.paninicomics.de** Anzeigenverkauf: Comix Connexion, **Lars Jähnig**, Tel. 0941/5840572, Fax: 0941/5841817. Geschäftsführer **Frank Zomerdijk**, Publishing Director Europe **Marco M. Lupoi**, Editorial Director **Tony Verdini**, Redaktion **Christian Grass**, **Bernd Kronsbein**, **Luigi Mutti**, **Pia Oddo, Lisa Pancaldi**, Finanzen & Beratung **Axel Drews**, Marketing Director **Max Müller**, Marketing **Francesco Farkas**, Vertrieb **Alexander Bubenheimer**, Logistik **Ilja Jennes**, Lektorin **Anja Seiffert**, Übersetzer **Bernd Kronsbein** grafische Gestaltung **Nicola Spano, Rudy Remitti**, Layout **Alessio Trippetta**, Art Director **Mario Corticelli**, Redaktion Panini Comics **Annie Dauphin**, **Beatrice Doti**, Produktion Panini Comics **Francesca Aiello**, **Andrea Bisi**, **Alessandra Gozzi**, **Lorenzo Raggioli**, **Lorena Rubbiani**, Enthält: DMZ 1-5. Published under license from DC Comics.

BRIAN WOOD
AUTOR

RICCARDO BURCHIELLI
BRIAN WOOD
ZEICHNER

JEROMY COX
FARBEN

BERND KRONSBEIN
ÜBERSETZUNG

RAM
LETTERING

BRIAN WOOD
COVER DER ORIGINALHEFTE

DMZ WURDE ERDACHT VON
BRIAN WOOD UND
RICCARDO BURCHIELLI

"Bis später", sagte er, und ich spürte seine ganze Abscheu, "ich fahre mit diesen Jungs zurück nach Brooklyn." Ich versuchte ein Grinsen, aber ich bin sicher, dass die Blutergüsse dem Ausdruck meines Mundes eher etwas Fieses verliehen. "Ich hab gar nicht genug sagen können", krächzte ich, während ich "diese Jungs" musterte, unsicher, auf welcher Seite sie standen. Dann verschwand Brian Wood mit ihnen in der New Yorker Nacht.

Schon wieder eine verpasste Gelegenheit, dachte ich, als ich den Weg zurück in die Bar suchte. Eine Bar, die mir mal gefallen hatte, eine wie so viele in dieser großen, ausgezehrten Stadt. An einem Tisch voller italienischer Chaoten suchte ich nach Riccardo Burchielli, um wenigstens ihm sagen zu können, was ich von seiner und Brians Serie hielt, aber auch diese Gelegenheit war vertan. Riccardo war in Sachen Frühstück etwas gefühlsduselig. Mit anderen Worten: Er war längst weg.

Also verschwand ich aus dieser Bar, die mal richtig was hergemacht hatte, und ging Richtung Osten. Meine Begleitung war nervös, aber in Anbetracht meiner Laune hatte sie wohl allen Grund anzunehmen, dass ich in den Krieg ziehen wollte. Oh ja, Krieg... Ich versuchte, mir das New York vorzustellen, das Brian und Riccardo in DMZ präsentierten. Ein New York mitten im zweiten amerikanischen Bürgerkrieg. Ein New York, wo hinter jeder Ecke eine Entdeckung lauert, eine Geschichte, ein Schock.

New York, eine große, widerspenstige Schönheit, voll gepackt mit Ikonoklasten, Künstlern und Visionären, die nicht mal im Traum woanders wohnen wollten, egal, wie sehr die Stadt den Bach runtergeht. Voller Menschen, die keine Chance haben, irgendwo anders hin zu können. Voller Menschen, die beim ersten Anflug von Ärger bösartig werden und abhauen.

Und auf jenen Straßen, beim Betrachten der Lichter hinter den Fenstern, wurde mir bewusst, dass es Brian und Riccardo gar nicht darum ging, ihre Vision der Stadt deutlich zu machen, denn sie zeigen nur das, was bereits da ist. New York erklärt sich selbst. Auch wenn an jeder Ecke Gap eröffnen würde oder noch ein Starbuck's gegenüber, es wäre immer noch New York.

Selbst Ground Zero konnte es nicht wirklich verändern.

Brian Woods und Riccardo Burchiellis DMZ hat mich kalt erwischt. An der Ecke Lafayette und Houston begegnete ich zwei New Yorker Cops. Aber in dieser Sekunde mussten sie für mich einfach die beiden Männer sein, die das Buch verfasst haben, das Sie in Ihren Händen halten. Ich wollte nicht noch eine Gelegenheit verpassen.

"Ihr zwei – alle beide – gute Arbeit. Vielen Dank."

Sie sahen mich an, als ginge ihnen meine Meinung herzlich am Arsch vorbei.

Azz 24. März 2006

Brian Azzarello ist der Autor der Vertigo-Serien 100 BULLETS und *Loveless*. Er hat sowohl den Eisner als auch den Harvey Award gewonnen. Auch bei den Reihen BATMAN, SUPERMAN und HELLBLAZER hinterließ er deutliche Spuren. Er lebt in Chicago mit seiner Frau, zwei Katzen, einem Auto und einer Eckkneipe. Außerdem ist er viel zu empfindlich.

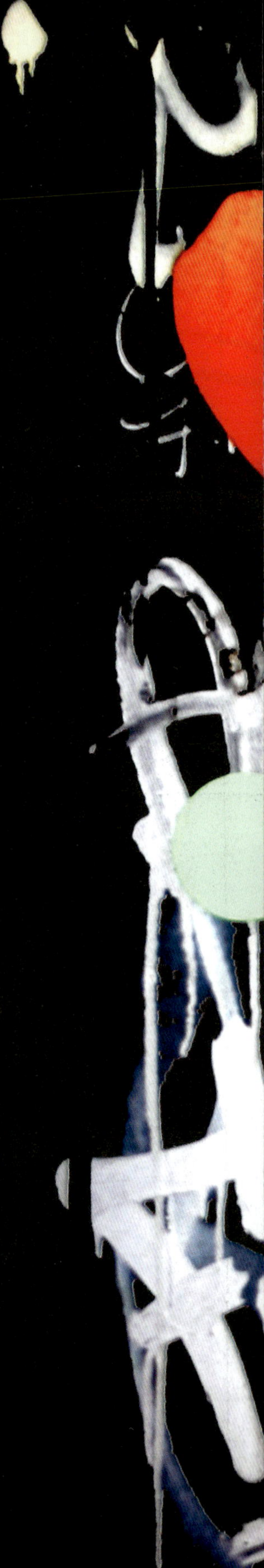

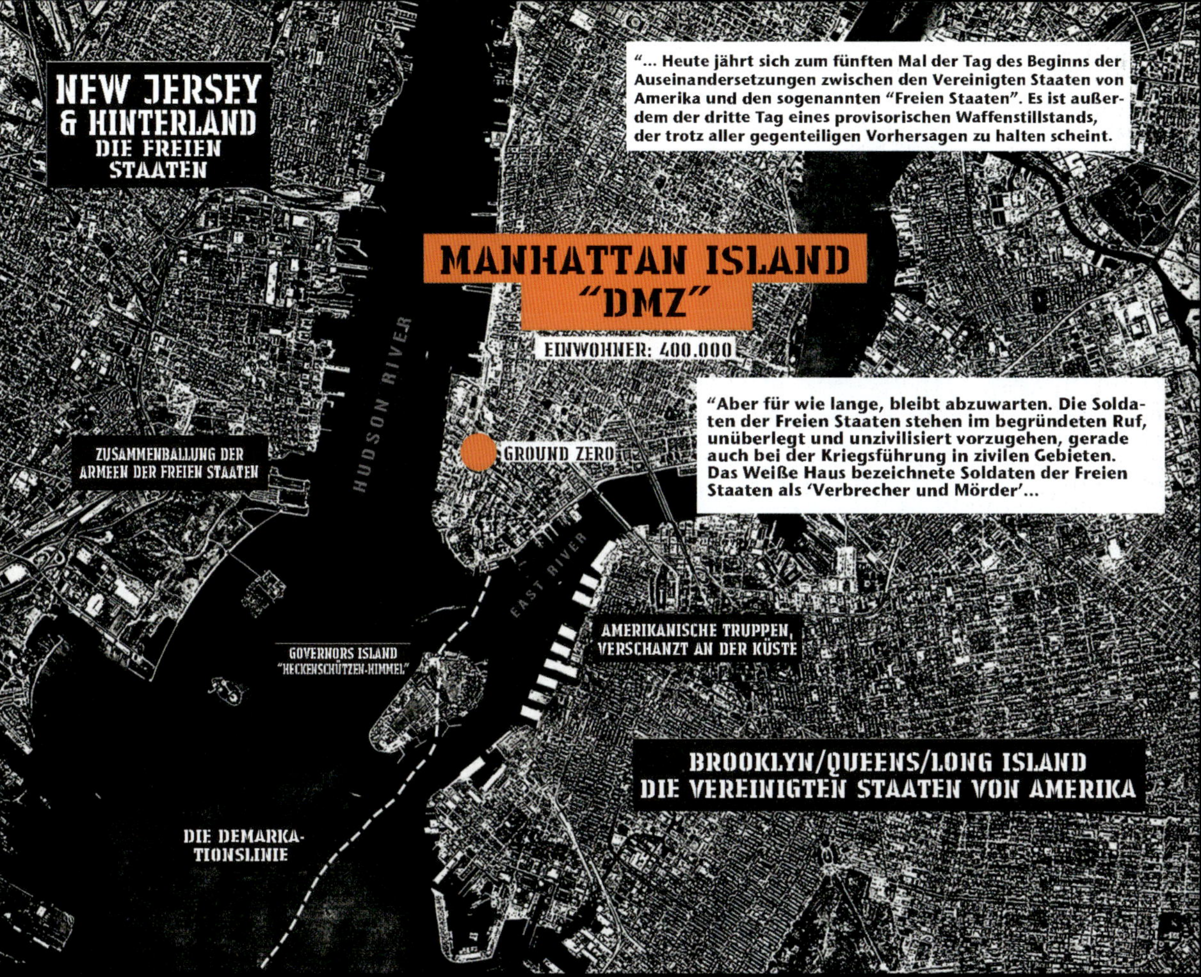
NEW JERSEY
& HINTERLAND
DIE FREIEN
STAATEN
"... Heute jährt sich zum fünften Mal der Tag des Beginns der Auseinandersetzungen zwischen den Vereinigten Staaten von Amerika und den sogenannten "Freien Staaten". Es ist außerdem der dritte Tag eines provisorischen Waffenstillstands, der trotz aller gegenteiligen Vorhersagen zu halten scheint.
MANHATTAN ISLAND
"DMZ"
EINWOHNER: 400.000
HUDSON RIVER
"Aber für wie lange, bleibt abzuwarten. Die Soldaten der Freien Staaten stehen im begründeten Ruf, unüberlegt und unzivilisiert vorzugehen, gerade auch bei der Kriegsführung in zivilen Gebieten. Das Weiße Haus bezeichnete Soldaten der Freien Staaten als 'Verbrecher und Mörder'...
ZUSAMMENBALLUNG DER ARMEEN DER FREIEN STAATEN
GROUND ZERO
EAST RIVER
AMERIKANISCHE TRUPPEN, VERSCHANZT AN DER KÜSTE
GOVERNORS ISLAND
"HECKENSCHÜTZEN-HIMMEL"
BROOKLYN/QUEENS/LONG ISLAND
DIE VEREINIGTEN STAATEN VON AMERIKA
DIE DEMARKATIONSLINIE

"Die militärische Führung äußerte Vertrauen in Bezug auf den aktuellen Waffenstillstand. 'Er hat alle Anzeichen eines dauerhaften Abkommens', meinte General Miller, 'aber nur auf dem Papier. Die Streitkräfte der Freien Staaten müssen der Welt beweisen, dass sie es diesmal ernst meinen.'
"Für die wenigen verbleibenden Einwohner der belagerten Insel von Manhattan ist ein offizieller Waffenstillstand kaum ein Trost, werden sie doch beständig mit den Realitäten des Lebens in einem Kriegsgebiet konfrontiert: Plünderer, umherstreifende Gangs, die sich als Miliz aufführen, Rebellen, Autobomben, Auftragskiller... so sieht das tägliche Leben in der Stadt aus."

ARCHIVFOTO
“Journalist und Nobelpreisträger Viktor Ferguson ist auf dem Weg dorthin.
NYPD
“Er wird an Bord eines Militärhubschraubers nach Manhattan fliegen, um von dort eine Reihe von Reportagen zu senden, die das wahre Leben der Menschen in der ‘DMZ’ einfangen.
MIT FREUNDLICHER GENEHMIGUNG DES AMTES FÜR KRIEGSMANAGEMENT
THEY ARE LYING TO YOU
“Liberty News-Sprecherin Marybeth Spaulding sagte: ‘Wir erleben hier einen historischen Moment. Noch nie hatte ein Nachrichtensender derartige Einsicht. Denn wie das zivile Leben in Manhattan wirklich aussieht, ist ein Geheimnis. Eines, das Viktor Ferguson für Sie, die Zuschauer am Bildschirm, aufdecken wird. In einem fünfteiligen News-Special.’
“In Anbetracht der Sicherheitsbedenken bleibt das abzuwarten. Wenn der Waffenstillstand hält, so wie alle Beteiligten beteuern, dann sollte das News-Team unter dem Schutz der militärischen Bodyguards sicher arbeiten können. Mr. Ferguson wird zweimal täglich live auf Sendung sein, beginnend am morgigen Abend.
“Sie können dabei sein bei diesem unvergesslichen TV-Ereignis.
“Dies ist Ihr Liberty News-Service, direkt aus den Vereinigten Staaten von Amerika, Long Island, New York.”
LIBERTY
NEWS FOR AMERICA
and Americans!™
5

FUCK
FROM Hell
BOOMMM!
ACHTUNG:
IM FALLE EINES RAKETEN-, ARTILLERIE- ODER LUFTANGRIFFS BEGEBEN SIE SICH BITTE AUF DIREKTEM WEG ZUR AUSGESCHILDERTEN SICHERHEITSZONE UND WARTEN AUF WEITERE ANWEISUNGEN.
Rage
Power
Whore
SUCKS!
fuck
Neurotomy Rules
JEDER TAG IST DER 11.9.!
CINZIA
BLOWJOB! 3483352089
WAR
YANKEES
JEDER TAG IST DER 11.9.!
CINZIA

FUCK
SIND SIE MATTHEW ROTH?
JA-- ICH BIN WEGEN DES FOTOGRAFIE-PRAKTIKUMS HIER--
MITKOMMEN. LOS!
HEY, WOZU DIE HEKTIK?

LONG ISLAND CITY, QUEENS.
DIE VEREINIGTEN STAATEN VON AMERIKA
ÄH, BIN ICH HIER WIRKLICH RICHTIG?
ICH DACHTE, ICH WÄRE IN 'NEM LABOR ODER BÜRO ODER SO...
JAWOHL. MATTHEW ROTH. SIE GEHEN MIT MR. FERGUSON AN BORD.
DA AN BORD?
RICHTUNG MANHATTAN? IST DAS IHR ERNST?
HIER IST IHR PRESSEAUSWEIS. VERLIEREN SIE IHN NICHT. MIT ETWAS GLÜCK HILFT ER IHNEN BEIM ÜBERLEBEN.
UND UNTERZEICHNEN SIE HIER UNTEN. WÄHREND DER DAUER DES JOBS HAFTEN SIE FÜR DIE GESAMTE AUSRÜSTUNG, DIE MAN IHNEN ANVERTRAUT.
ACH DU SCHEISSE.
JUNGE, SO 'NE CHANCE KRIEGT MAN NUR EINMAL.
BRINGEN SIE MIR EIN SOUVENIR MIT, JA?

KOPFHÖRER AUF!
MATT ROTH?
JA, SIR. MATTY REICHT VÖLLIG.
DU MUSST EIN PAAR DINGE WISSEN.
ERSTENS: DU BIST NICHT ERSTE WAHL. ICH HABE ECHTE FOTO-TECHNIKER IN MEINEM TEAM. DU BIST NUR DABEI, WEIL DEIN DADDY SEINE BEZIEHUNGEN SPIELEN LIESS.
ZWEITENS: ICH BIN DER BOSS. DU BIST NUR DAZU DA, MEINE BEFEHLE AUSZUFÜHREN UND BEI FUSS ZU STEHEN. VERSUCH ERST GAR NICHT, DICH MIT MIR ZU UNTERHALTEN ODER ANZUFREUNDEN, KAPIERT?
ÄH, JA, SIR!
WICHSER.
KEINE SORGE, KUMPEL-- DA SPRICHT SEIN PULITZER. DER KANN UNS.
ICH BIN ÜBRIGENS COLBERT.
HAT MAN DICH EINGEWIESEN?
NICHT DIREKT. WARUM?
HÖR ZU-- BLEIB IN MEINER NÄHE. MANHATTAN IST EIN ECHT BESCHISSENER ORT-- RICHTIGES NIEMANDSLAND. GENAU DER ORT, AN DEM MAN IMMER MIT EINEM AUGE NACH OBEN SCHAUEN MUSS, OKAY?
TOW TOW
ES GIBT NICHT EINEN HAUCH VON SCHUTZ IN DER STADT. AUSSER VIELLEICHT DEM, DEN DIE BEWOHNER SELBST ORGANISIEREN. DIE "REGELN" ÄNDERN SICH VON BLOCK ZU BLOCK, VON VIERTEL ZU VIERTEL.
GEH KEIN RISIKO EIN.
DENN ALLES, WAS DU GEHÖRT HAST, IST WAHR. ALL DIE GERÜCHTE UND LEGENDEN ÜBER DEN FEIND...

NYPD
SIE SIND ALLE GOTT-VERDAMMT WAHR!
HELP

WIR NÄHERN UNS DEM LANDEGEBIET, LEUTE. 30 SEKUNDEN.
EXIT 7
E 23 St 3/4 MILE
Midtown Tun E 34 St
DANGER
KILL
CRAZY FOR
EGAL, WIE MAN SIE NENNT: VERRÄTER, REDNECKS, OSAMAS, JINGOES, TIMMIEMACS, ÜBERFLOGENE ODER SCHLICHT "DIESE WICHSER AUS JERSEY"... TOTAL EGAL...
SIE SIND GANZ EINFACH DIE **DRECKSÄCKE**, DIE DAFÜR VERANTWORTLICH SIND, DASS DIESES LAND IN DIE SCHEISSE GERUTSCHT IST. DENK DRAN, MANN. IM ERNST.
"DAS BESCHISSENE IST, DASS ICH HIER AUFGEWACHSEN BIN. DAS REKRUTIERUNGSBÜRO DER ARMY IST EIN PAAR BLOCKS IN DIESE RICHTUNG. ODER BESSER, **WAR**. ICH KAM JEDEN TAG NACH DER SCHULE DRAN VORBEI, DIESE **WICHSER**."
FIRE LANE
LOWER EAST SIDE, MANHATTAN
NACH FÜNF JAHREN SEHE ICH MAL WIEDER MEINEN BLOCK. ECHT DEPRIMIEREND.
NYPD

WIR SIND DA, MR. FERGUSON.
VORSICHT, STUFE.
KOMMT IN DIE GÄNGE, HÖRT IHR? SCHEISSE, JE EHER ICH ANFANGE, DESTO EHER KANN ICH HIER WIEDER WEG.
VERSTANDEN, SIR.
UP
F-TUMP!
POLICE
WAS--
F-TUMP!
MISTER FERGUSON! HEY! HEY!
HEY, COLBERT! COLBERT!
F-TUMP!
NEIN!

MIST!
P-TING!
P-TING!
HEY! NEIN! WO WOLLEN SIE HIN?
HALT!
P-TING!
P-TING!
P-TING!
P-TING!
NEIN, IHR MIESEN WICHSER! KOMMT ZU-RÜCK!
LASST MICH NICHT HIER!

GAHHHH!
TU-TUM
P-TING!
PUNK IS
NEWS
UP
RUHIG, MATTY, GANZ...
DIE KOMMEN WIEDER, SIE MÜSSEN EINFACH...
UP
NE
HM?
KA-BOOOOMMMMMMM!

P-TING!
P-TING!
OKAY, MATTY, GANZ COOL. DAS KÖNNEN HÖCHSTENS EIN PAAR BLOCKS SEIN.
DAS SCHAFFST DU.
P-TING!

FIGHT FOR YOUR...
WHOA.
TA-TA-TA-TA-TA-TA
TA-TA-TA-TA-TA-TA
HUNAN
HUNAN
MIST!
ANTHRAX
Keep
OUT
HE DA!
WAS ZUM
TEUFEL TUST
DU HIER?

DAS IST **MEINE** BUDE! **HAU AB!**
NEIN, BITTE!
...
PFF. **DAMIT** HAB ICH NICHT GERECHNET.
WO KOMMST DU DENN HER, KID?

AM NÄCHSTEN TAG...
FIRST AID
FRAGILE
!
ALTO
WAS ZUM TEU--?
FRAGILE
NA, ENDLICH AUFGE-WACHT?
DAS WAR BE-STIMMT DIE LÄNGSTE OHNMACHT DER WELT.
DAS MIT DER KANONE TUT MIR LEID. REINE SHOW. DER SCHLITTEN IST GEBROCHEN--UNBRAUCHBAR.
HAB DAS HIER IN DEINER TASCHE GEFUNDEN. DAS SCHEISS TEIL KLINGELT STÄNDIG. HAB KAUM GEPENNT, BIS ICH DEN "STUMM"-KNOPF FAND.
ICH DENKE, **DAS** KANNST DU BEHALTEN. ICH WÜHL MICH NOCH DURCH DEINE AUSRÜSTUNG. HAST ECHT **COOOOLES** ZEUG, MANN.

HEY!
DU KANNST DOCH NICHT EINFACH MEIN ZEUG NEHMEN! ICH BIN VERANTWORTLICH DAFÜR.
VON MIR AUS. HÄTTE **ICH** DAS ZEUG NICHT GENOMMEN, HÄTTEN ES DIE FREAKS DRAUSSEN GETAN. BETRACHTE ES ALS BEZAHLUNG FÜR GELEISTETE DIENSTE: KOST UND LOGIS.
GUTEN APPETIT, TOURIST.
PEEP! BEEP!
PEEP! BEEP!
HALLO?
WER IST DA?
MATT ROTH... WER IST DRAN?
WIE KOMMEN SIE AN DAS HANDY?
ES WAR IN DER TASCHE UND FING AN ZU KLINGELN. GEHÖREN SIE ZUM SENDER?
GEHÖREN SIE ZUM PERSONAL?
...
ICH BIN DER **PRAKTIKANT**!
HOLEN SIE JEMAND ANDEREN RAN. WO IST VIKTOR FERGUSON?
TOT! DER HUBSCHRAUBER WURDE ABGESCHOSSEN UND ICH GLAUBE, MAN HAT IHN GETÖTET. SIE HABEN **ALLE** GETÖTET!
TOT? MR. FERGUSON IST TOT?

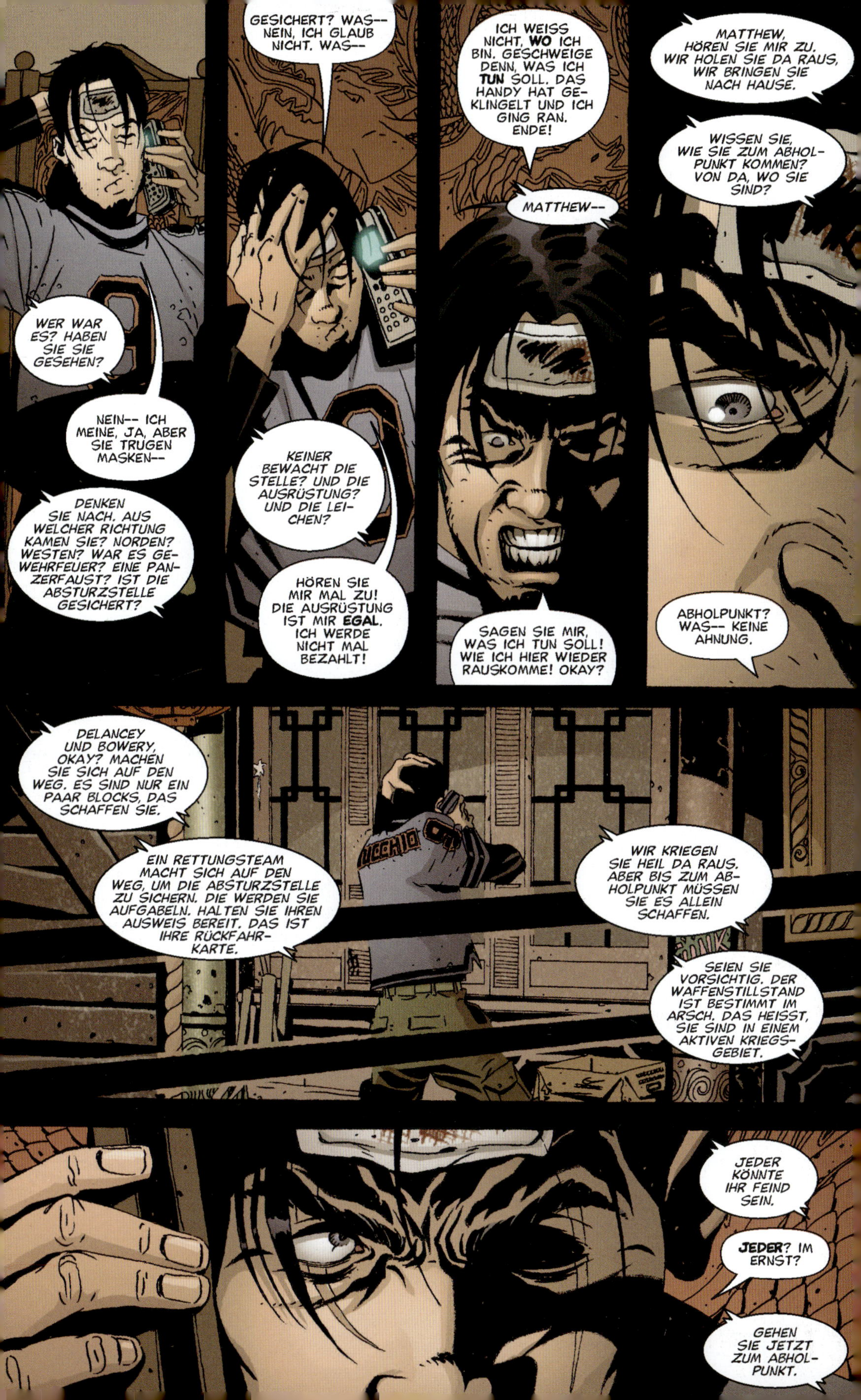
WER WAR ES? HABEN SIE SIE GESEHEN?
NEIN-- ICH MEINE, JA, ABER SIE TRUGEN MASKEN--
DENKEN SIE NACH. AUS WELCHER RICHTUNG KAMEN SIE? NORDEN? WESTEN? WAR ES GEWEHRFEUER? EINE PANZERFAUST? IST DIE ABSTURZSTELLE GESICHERT?
GESICHERT? WAS-- NEIN, ICH GLAUB NICHT. WAS--
KEINER BEWACHT DIE STELLE? UND DIE AUSRÜSTUNG? UND DIE LEICHEN?
HÖREN SIE MIR MAL ZU! DIE AUSRÜSTUNG IST MIR **EGAL**. ICH WERDE NICHT MAL BEZAHLT!
ICH WEISS NICHT, **WO** ICH BIN. GESCHWEIGE DENN, WAS ICH **TUN** SOLL. DAS HANDY HAT GEKLINGELT UND ICH GING RAN. ENDE!
MATTHEW--
SAGEN SIE MIR, WAS ICH TUN SOLL! WIE ICH HIER WIEDER RAUSKOMME! OKAY?
MATTHEW, HÖREN SIE MIR ZU. WIR HOLEN SIE DA RAUS, WIR BRINGEN SIE NACH HAUSE.
WISSEN SIE, WIE SIE ZUM ABHOLPUNKT KOMMEN? VON DA, WO SIE SIND?
ABHOLPUNKT? WAS-- KEINE AHNUNG.
DELANCEY UND BOWERY, OKAY? MACHEN SIE SICH AUF DEN WEG. ES SIND NUR EIN PAAR BLOCKS, DAS SCHAFFEN SIE.
EIN RETTUNGSTEAM MACHT SICH AUF DEN WEG, UM DIE ABSTURZSTELLE ZU SICHERN. DIE WERDEN SIE AUFGABELN. HALTEN SIE IHREN AUSWEIS BEREIT. DAS IST IHRE RÜCKFAHRKARTE.
WIR KRIEGEN SIE HEIL DA RAUS. ABER BIS ZUM ABHOLPUNKT MÜSSEN SIE ES ALLEIN SCHAFFEN.
SEIEN SIE VORSICHTIG. DER WAFFENSTILLSTAND IST BESTIMMT IM ARSCH. DAS HEISST, SIE SIND IN EINEM AKTIVEN KRIEGSGEBIET.
JEDER KÖNNTE IHR FEIND SEIN.
JEDER? IM ERNST?
GEHEN SIE JETZT ZUM ABHOLPUNKT.

SCHEISSE. OKAY.
DER WAFFENSTILL-STAND IM ARSCH. AKTIVES KRIEGS-GEBIET. JEDER EIN FEIND. PERFEKTE SCHEISSE.
WARUM WERDE ICH EIGENTLICH NICHT BE-ZAHLT, HM?
HEY, WOHIN SO EILIG?
ICH MUSS WEG. KANN ICH MEINEN KRAM WIEDER-HABEN?
WO GEHST DU HIN?
ICH WERDE ABGEHOLT. MEI-NE ARBEITGEBER WOLLEN DIESE KLAMOTTEN ZURÜCKHABEN, OKAY?
SAG MIR, WO DU HIN-WILLST.
WAS? ECKE BOWERY UND DELANCEY, WO IMMER DAS IST. WAS KÜMMERT ES DICH?
ES KÜMMERT MICH NICHT, ABER DU BIST HIER NICHT ZU HAUSE, UND WENN DU VORHAST, DORT RAUS ZU GEHEN, DANN BRAUCHST DU MEINE HILFE. SONST WIRST DU ERSCHOS-SEN.
DU HAST EINEN ERSTE-HILFE-KASTEN DABEI, UND EINE SANITÄ-TER-JACKE HAB ICH AUCH GESEHEN.
KANNST DU HABEN.
BRINGST DU MICH JETZT ZUR ECKE BOWERY UND DELANCEY?

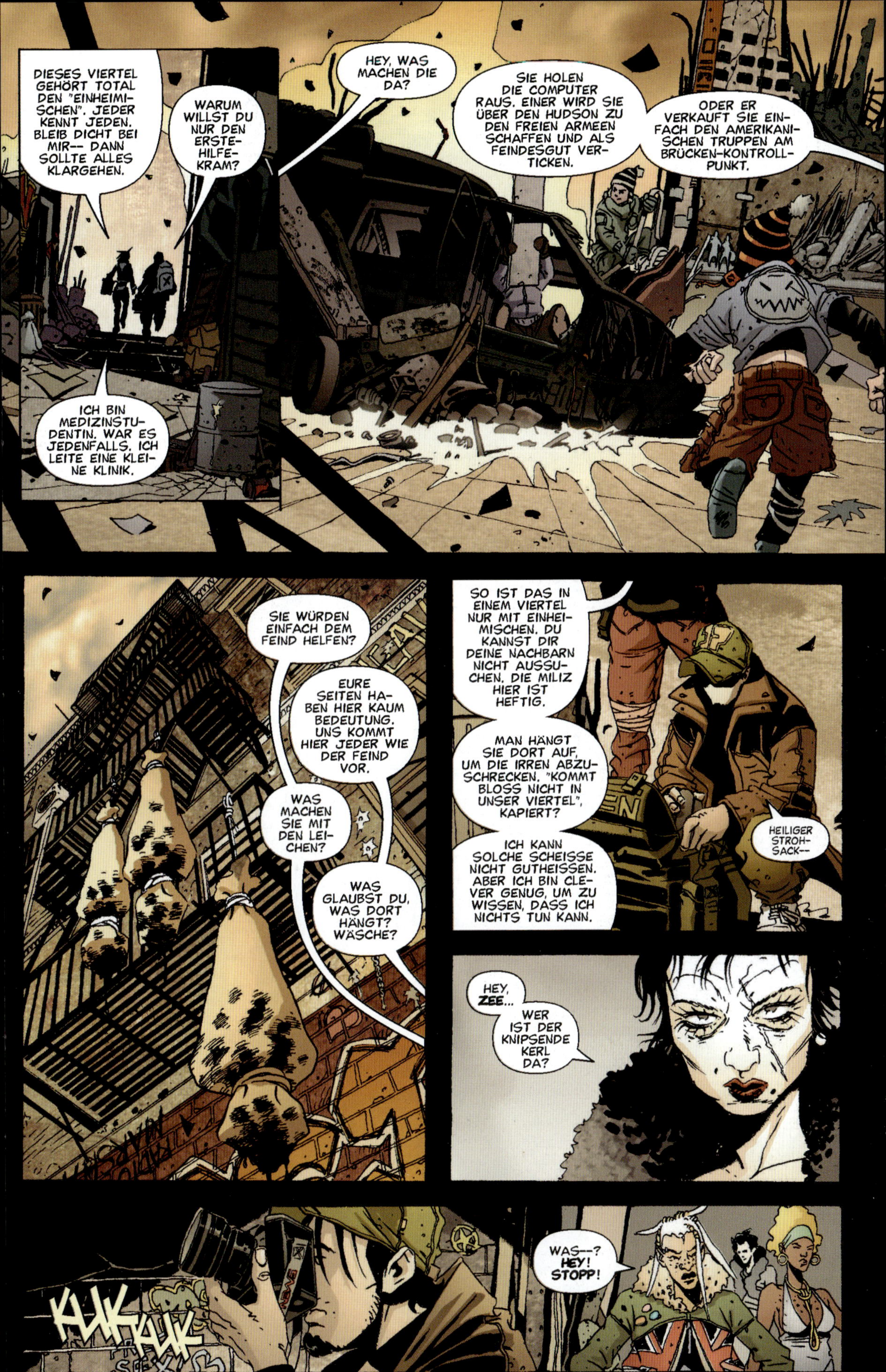
DIESES VIERTEL GEHÖRT TOTAL DEN "EINHEIMISCHEN". JEDER KENNT JEDEN. BLEIB DICHT BEI MIR-- DANN SOLLTE ALLES KLARGEHEN.
WARUM WILLST DU NUR DEN ERSTE-HILFE-KRAM?
ICH BIN MEDIZINSTUDENTIN. WAR ES JEDENFALLS. ICH LEITE EINE KLEINE KLINIK.
HEY, WAS MACHEN DIE DA?
SIE HOLEN DIE COMPUTER RAUS. EINER WIRD SIE ÜBER DEN HUDSON ZU DEN FREIEN ARMEEN SCHAFFEN UND ALS FEINDESGUT VERTICKEN.
ODER ER VERKAUFT SIE EINFACH DEN AMERIKANISCHEN TRUPPEN AM BRÜCKEN-KONTROLLPUNKT.
SIE WÜRDEN EINFACH DEM FEIND HELFEN?
EURE SEITEN HABEN HIER KAUM BEDEUTUNG. UNS KOMMT HIER JEDER WIE DER FEIND VOR.
WAS MACHEN SIE MIT DEN LEICHEN?
WAS GLAUBST DU, WAS DORT HÄNGT? WÄSCHE?
SO IST DAS IN EINEM VIERTEL NUR MIT EINHEIMISCHEN. DU KANNST DIR DEINE NACHBARN NICHT AUSSUCHEN. DIE MILIZ HIER IST HEFTIG.
MAN HÄNGT SIE DORT AUF, UM DIE IRREN ABZUSCHRECKEN. "KOMMT BLOSS NICHT IN UNSER VIERTEL", KAPIERT?
ICH KANN SOLCHE SCHEISSE NICHT GUTHEISSEN. ABER ICH BIN CLEVER GENUG, UM ZU WISSEN, DASS ICH NICHTS TUN KANN.
HEILIGER STROHSACK--
HEY, ZEE... WER IST DER KNIPSENDE KERL DA?
KLIK KLIK
WAS--? HEY! STOPP!

BIST DU TOTAL **IRRE?**
WO IST DAS **PROBLEM?**
RESPEKT.
DU KANNST HIER NICHT EINFACH REINSCHNEIEN UND DRAUFLOSKNIPSEN! HIER KENNT DICH KEINER!
MOMENT-- "REINSCHNEIEN"? DIESE WICHSER HABEN MICH GESTERN **ABGESCHOSSEN!** DEINE **NACHBARN!**
JA KLAR, ABER AUF DIE, DIE HIER LEBEN, MACHEN TRUPPEN, DIE MITTEN AUF DER STRASSE LANDEN, KEINEN BESONDERS **FREUNDLICHEN** EINDRUCK, WEISST DU?
WIR SIND NICHT EURE FEINDE, WIR LEBEN HIER NUR. UNSERE WAFFEN SIND NUR DAZU DA, UM UNS PLÜNDERER VOM HALS ZU HALTEN. UND PSYCHOPATHEN. UND BESCHISSENE **KAMPFHUBSCHRAUBER.**
ICH WOLLTE NICHT-- ICH GEHÖRE NICHT ZUM MILITÄR. WIR WOLLTEN EINE NACHRICHTENSENDUNG MACHEN, ABER NIEMANDEN ANGREIFEN!
EINE NEWS-CREW? TJA, WIR HABEN KEINE SCHEISS NEWS-CREW BESTELLT.
WIR WOLLEN NICHT IN EURE SCHEISSE REINGEZOGEN WERDEN. WIE GESAGT, WIR LEBEN HIER NUR.
JA, JA, ABER DU VERSTEHST DAS NICHT--
WAS VERSTEHE **ICH** NICHT?
OKAY, KLUGSCHEISSER, SAG **DU** MIR, WAS **ICH** NICHT VERSTEHE!
DU VERSTEHST NICHT, WAS MAN... UNS DRÜBEN AUFTISCHT. ICH WUSSTE NICHT, DASS HIER NOCH SO VIELE ZIVILISTEN LEBEN. WIR HÖREN NUR VON REBELLEN...
DAS GLAUB ICH GERN. UNWISSENHEIT GEWINNT **IMMER.** DESHALB WIRD EUER BESCHISSENER KRIEG AUCH **NIE ENDEN.**
LOS, ICH BRING DICH EINFACH ZU DEINEN FREUNDEN, UND ENDE.
VON MIR AUS GERN! SIE WOLLTEN ERST DIE ABSTURZSTELLE SICHERN UND MICH DANN AUFGABELN.
WAS? DAS HABEN SIE GESAGT? "SICHERN"?
JA. UND? ICH NEHME AN, SIE WOLLEN SO VIEL WIE MÖGLICH VON DER AUSRÜSTUNG RETTEN.

WARUM? WO WILLST DU HIN?
"SICHERN" BEDEUTET ETWAS GANZ ANDERES, DU IDIOT!
OH MIST!
TARGE
BUDDA BUDDA
BUDDA BUDD
FEAR
HEY, WARTE, WARTE AUF MICH!
LASS MICH LOS!
NYPD
BRAAAANG

TA-TA-TA-TA-TA-TA
SCHEISSE! WAS ZUM TEUFEL SOLLTE DAS?
LASS UNS VERSCHWINDEN!
KOPF RUNTER.
DAS WAR'S NOCH NICHT.
TITTY TWISTER
... ERLAUBNIS ERTEILT. LIEFERN SIE DAS PAKET AB.
VERSTANDEN. PAKET UNTERWEGS.

HUST HUST
ALLES KLAR?
BEEP BEEP
BE-BEEP

BEEP BEEP BE-BEEP
DU UND DEINE LEUTE, IHR WISST GAR NICHTS ÜBER UNS. IHR HABT DIE SCHEISSE GEBAUT. UND WIR WERDEN DAFÜR BESTRAFT.
WIR LEBEN HIER NUR. WARUM GEHT DAS NICHT IN DEINE BIRNE?
MATTHEW ROTH? WO STECKEN SIE? WIR HABEN DIE ABSTURZSTELLE GESICHERT UND WARTEN AM ABHOLPUNKT.
ES WIRD ZEIT, NACH HAUSE ZU GEHEN! WIEDERHOLE: WIR WOLLEN SIE NACH HAUSE BRINGEN.
WO SIND SIE? NENNEN SIE UNS IHREN STANDORT.
MATTHEW?
MATTHEW ROTH? WO STECKEN SIE?

NO PARKING
7AM - 3PM
MON & THURS
NO STANDING
EXCEPT TRUCKS
LOADING & UNLOADING
7AM-7PM
8AM-7PM
7PM - 1AM
INCLUDING SUNDAY
COMMERCIAL VEHICLES ONLY
9:30 AM - 1PM SUNDAY

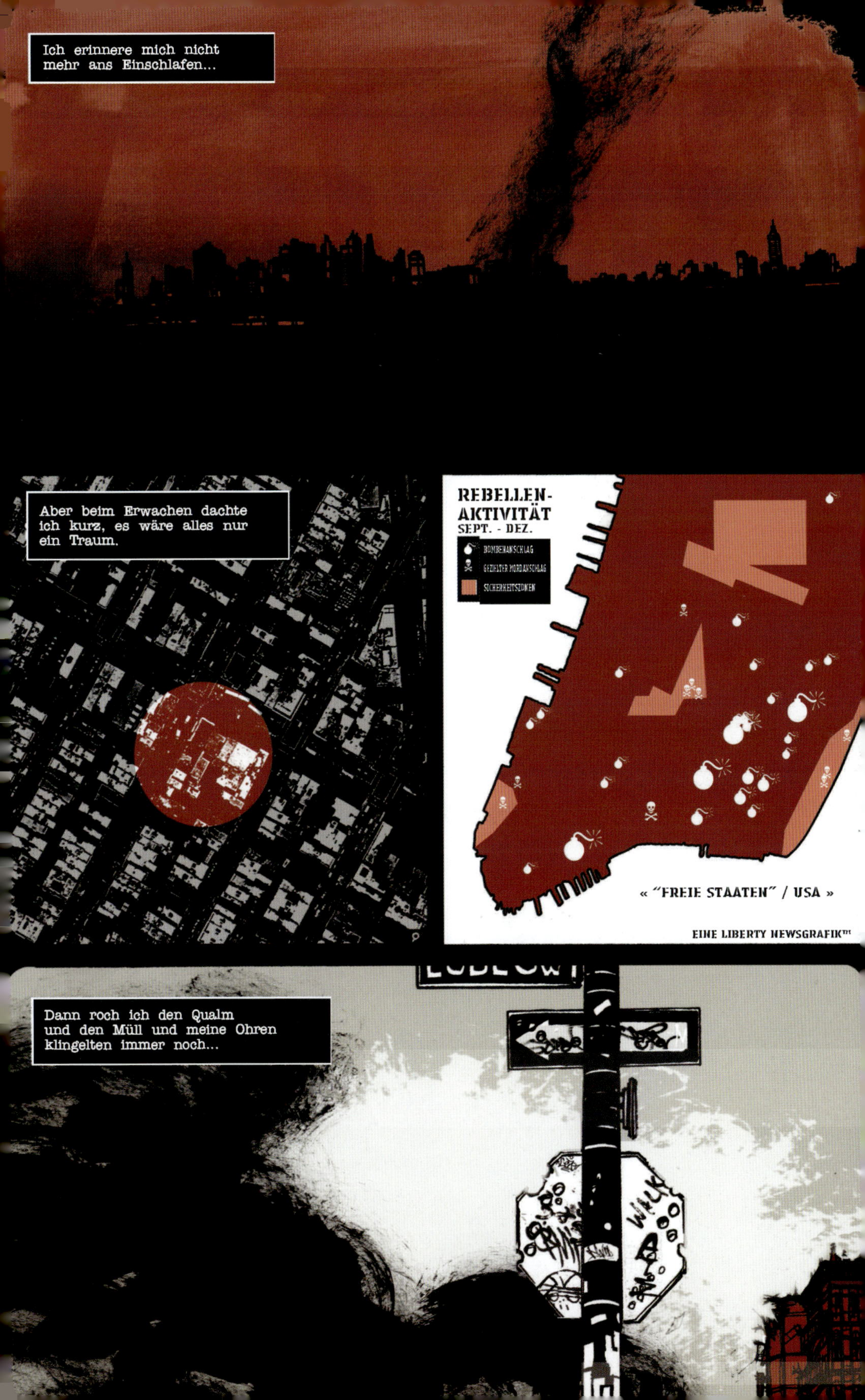
Ich erinnere mich nicht mehr ans Einschlafen...
Aber beim Erwachen dachte ich kurz, es wäre alles nur ein Traum.
REBELLEN-AKTIVITÄT
SEPT. - DEZ.
BOMBENANSCHLAG
GEZIELTER MORDANSCHLAG
SICHERHEITSZONEN
« "FREIE STAATEN" / USA »
EINE LIBERTY NEWSGRAFIK™
Dann roch ich den Qualm und den Müll und meine Ohren klingelten immer noch...

LOWER EAST SIDE, MANHATTAN, DMZ
Ich wollte nur nach Hause, und das ist das Ergebnis...

NO COMMERCIAL TRAFFIC
E 3rd
ONE WAY

DER ALTE MEAT-PACKING DISTRICT, WEST SIDE, MANHATTAN.
HEUTE DAS "SCHUTZGEBIET DES KOLLEKTIVS UNABHÄNGIGER KÜNSTLER"
AM NÄCHSTEN TAG...
WANN WARST DU DAS LETZTE MAL IN DER STADT, MATTY?
KEINE AHNUNG. EWIG HER. VOR DEM KRIEG. MEISTENS MIT DER SCHULE, INS MUSEUM, TIMES SQUARE...
DAS GIBT'S ALLES NICHT MEHR.
DER TIMES SQUARE IST ZERSTÖRT?
SO ZIEMLICH. DU WÜRDEST IHN NICHT WIEDERERKENNEN. ER GAB HALT EIN GUTES ZIEL AB, BEI ALL DEN LICHTERN.
ALLE TOURISTENZIELE SIND WEG. GUT, DIE STELLEN GIBT'S NATÜRLICH NOCH, ABER ES SIND KEINE ORTE MEHR, DIE MAN BESUCHEN MÖCHTE.
DAS EMPIRE STATE BUILDING STEHT WIE DURCH EIN WUNDER NOCH. ABER NIEMAND WEISS, WAS DARIN VOR SICH GEHT.
MANCHMAL VERSUCHEN HECKENSCHÜTZEN REINZUKOMMEN, ABER SIE WERDEN AUS DEN FENSTERN GEWORFEN.
DIE PARKS SIND REINER SPIESSRUTEN-LAUF, KEINER-LEI DECKUNG.
VIELE EINKAUFS-ZONEN SIND SCHWARZMÄRKTE, TOTAL DURCHGE-DREHT. ANGEBLICH IST MAN DORT SI-CHER, ABER ICH MEIDE SIE.
ECHT IRRE, MANN.

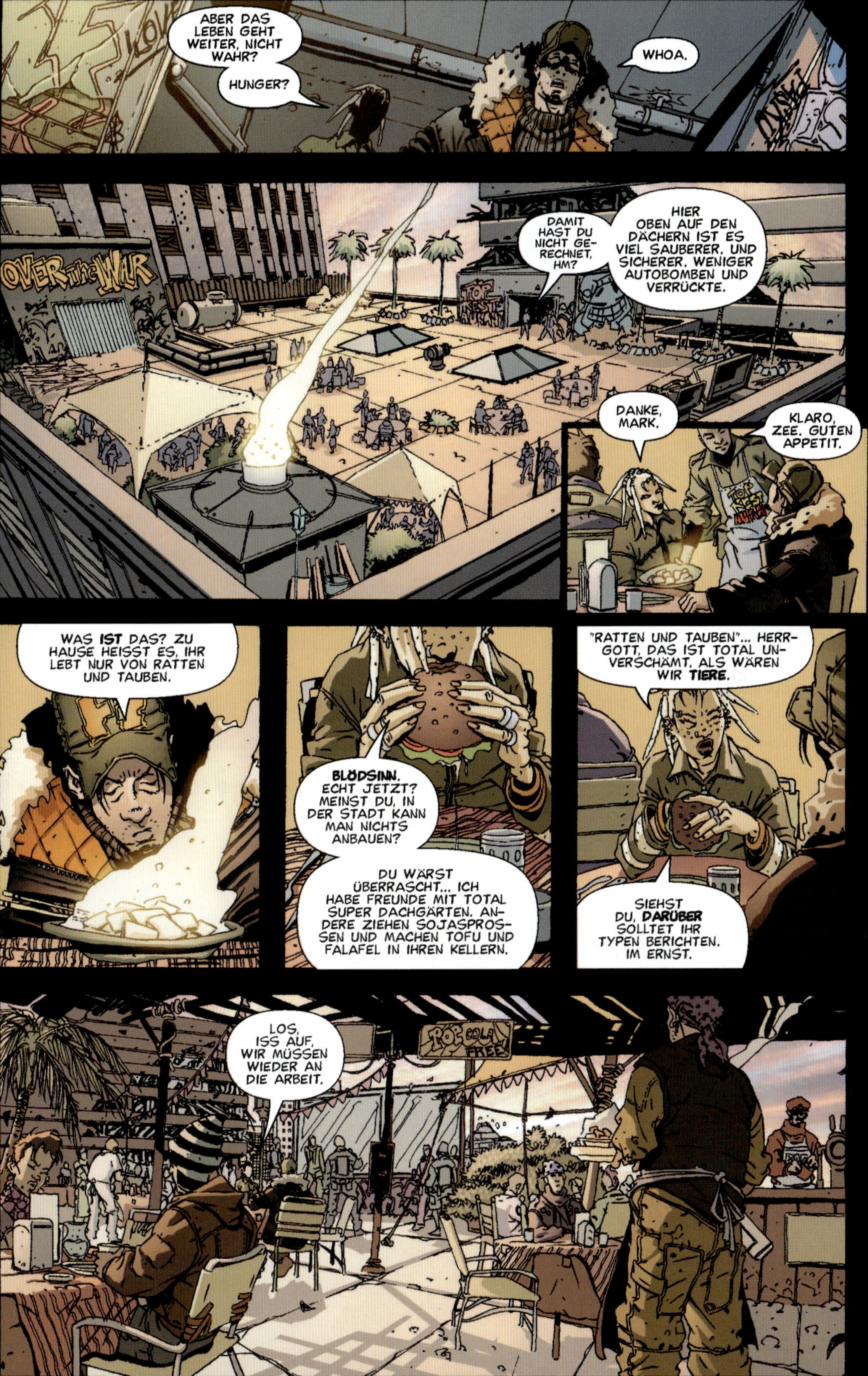
ABER DAS LEBEN GEHT WEITER, NICHT WAHR?
HUNGER?
WHOA.
DAMIT HAST DU NICHT GE-RECHNET, HM?
HIER OBEN AUF DEN DÄCHERN IST ES VIEL SAUBERER. UND SICHERER. WENIGER AUTOBOMBEN UND VERRÜCKTE.
OVER the WAR
DANKE, MARK.
KLARO, ZEE. GUTEN APPETIT.
WAS IST DAS? ZU HAUSE HEISST ES, IHR LEBT NUR VON RATTEN UND TAUBEN.
BLÖDSINN. ECHT JETZT? MEINST DU, IN DER STADT KANN MAN NICHTS ANBAUEN?
DU WÄRST ÜBERRASCHT... ICH HABE FREUNDE MIT TOTAL SUPER DACHGÄRTEN. AN-DERE ZIEHEN SOJASPROS-SEN UND MACHEN TOFU UND FALAFEL IN IHREN KELLERN.
"RATTEN UND TAUBEN"... HERR-GOTT, DAS IST TOTAL UN-VERSCHÄMT. ALS WÄREN WIR TIERE.
SIEHST DU, DARÜBER SOLLTET IHR TYPEN BERICHTEN. IM ERNST.
LOS, ISS AUF, WIR MÜSSEN WIEDER AN DIE ARBEIT.

ZEES WOHNBLOCK, LOWER EAST SIDE
HEY, ZEE! HIER DRÜBEN!
HEY, JAMAL!
DANKE, DASS DU AUSHELFEN KANNST.
SCHON GUT. HÖRTE, DASS ES LETZTE NACHT DAISY-CUTTERS GEREGNET HAT. WOLLTE MAL SEHEN, WIE'S DIR GEHT.
... ÄH, HEY, WIE STEHT'S?
OH, DAS IST MATTY.
KOMM REIN, ZEE. ICH HAB VOR EIN PAAR STUNDEN GE-FUNDEN, WAS DU SUCHST.

WIR HABEN NICHTS VON DEINEM ZEUG ANGEFASST, KEINE SORGE.
GOTT SEI DANK IST ALLES HEIL GEBLIEBEN.
HATTE SCHON ANGST, DASS ICH FÜR DIE GANZE SCHEISSE ZAHLEN MÜSSTE. MUSSTE EXTRA WAS UNTERSCHREIBEN.
MOMENT... DU GIBST ES ZURÜCK?
ICH KÖNNTE 5000 ALLEIN FÜR DEN LAPTOP KRIEGEN, LOCKER.
SIEH MICH NICHT SO AN! WAS SOLL ICH DENN SONST DAMIT TUN?
WEISS NICHT, MATTY, VIELLEICHT BENUTZEN? DESHALB BIST DU DOCH HIER, ODER?
...
ABER DU HAST JA RECHT. ICH KANN DICH ZU NICHTS ZWINGEN. DU MUSST ES SCHON SELBER WOLLEN.
SONST WÄRE ES GAR NICHT GLAUBWÜRDIG. UND VON DER SCHEISSE GIBT'S SCHON GENUG.
ICH WILL DICH WIRKLICH NICHT UNTER DRUCK SETZEN. ABER ICH SCHLAG DIR WAS VOR:
DU DREHST MIT MIR DIE RUNDE. DU NIMMST DIE KAMERA MIT.
ICH HALTE MEINE KLAPPE, AUSSER DU FRAGST MICH. ICH MISCH MICH NICHT EIN...

"... OKAY?"
KLIK
HOT!
WOHIN GEHT'S?
WIE GESAGT, MORGENS MACHE ICH HAUSBESUCHE. PROVISORISCHE KLINIKEN UND SO.
KLIK

HIER IST DIE ERSTE.
GOTT, STINKT DAS.
DU PACKST DAS.
ICH BIN'S, ZEE.
JEMAND DA?
WIR SIND HIER.
OH SHIT...
SCHNAUZE, MATTY!

HE, GLORIA, ICH HAB ANTIBIOTIKA DABEI.
SCHEISSE. SCHEISSE. SCHEISSE.
KOMM SCHON, MATTY, REISS DICH ZUSAMMEN, VERDAMMT.
TIEF DURCHATMEN.
DE PUTA MADRE

GEHT'S WIEDER?
JA, SORRY.
KLIK
Der Gestank ist furchtbar, aber niemand scheint es zu merken. Wie kann man sich daran gewöhnen?
Die Wunden dieser Kinder sind frisch. Das müssen die Bomben von letzter Nacht gewesen sein. Die Bomben.
Mein Rettungsversuch.
Ich könnte kotzen.

ALSO... WARUM SIND SIE NICHT IN EINEM KRANKENHAUS?
IST DAS DEIN **ERNST**? DU SOLLTEST HIER MAL EIN KRANKENHAUS VON **INNEN** SEHEN. ODER BESSER, EINES VON DENEN, DIE NOCH STEHEN.
EIN HORRORFILM IST NICHTS DAGEGEN.
UND DAS HIER... HÄUSLICHE PFLEGE? KOMMT DAS OFT VOR?
JA, SEHR OFT. VIELE KRANKE KINDER. DIE WASSERQUALITÄT IST BESCHISSEN. ABER WIR HABEN LEUTE, DIE DARAN ARBEITEN.
DIE QUALIFIZIERTEN INGENIEURE WURDEN EINGEZOGEN. WER AUCH NUR 'NEN HAUCH VON ELEKTRIK ODER KLEMPNEREI VERSTEHT, KANN HIER WIE EIN **KÖNIG** LEBEN.
MEIN FREUND JAMAL-- ARCHITEKTURSTUDENT IM 6. SEMESTER. ER ENTWIRFT UPTOWN EINE NEUE STÜTZMAUER FÜR DEN WEST SIDE HIGHWAY.
ICH HAB VERSPROCHEN, MICH NICHT EINZUMISCHEN-- ABER WILLST DU MAL WAS **ECHT COOLES** SEHEN?

WARUM NEHMEN WIR NICHT EINFACH DIE TREPPE?
VOLLER SPRENGFALLEN.
UND **DAS** IST SICHERER?
FÜR **UNS** SCHON. SCHARFSCHÜTZEN GEGENÜBER GEBEN UNS DECKUNG. IST OKAY-- ICH KENN SIE. SIE BESCHÜTZEN DAS GEBIET. ES IST SICHER.
WIRKLICH?
NA JA... IM PRINZIP.
Künstlerateliers. Dach-Cafés. Tofu-Anbau. Architekturstudenten. Bauprojekte. Kinderkrankenhäuser.
"Das Leben im Krieg." Ich könnte glatt in einem fremden Land sein. Ich bin so dämlich. Wie packen die Leute das alles nur?
Wenn es nicht gerade Angst einflößend ist, ist es fast schon cool hier.
Ich hab das Gefühl, als hätte ich eine riesige Zielscheibe am Hinterkopf. Wahrscheinlich lebe ich nur noch dank Zee.
Die Leute zu Hause haben keinen Schimmer.
Hallo little bastard!
SAVE NYC

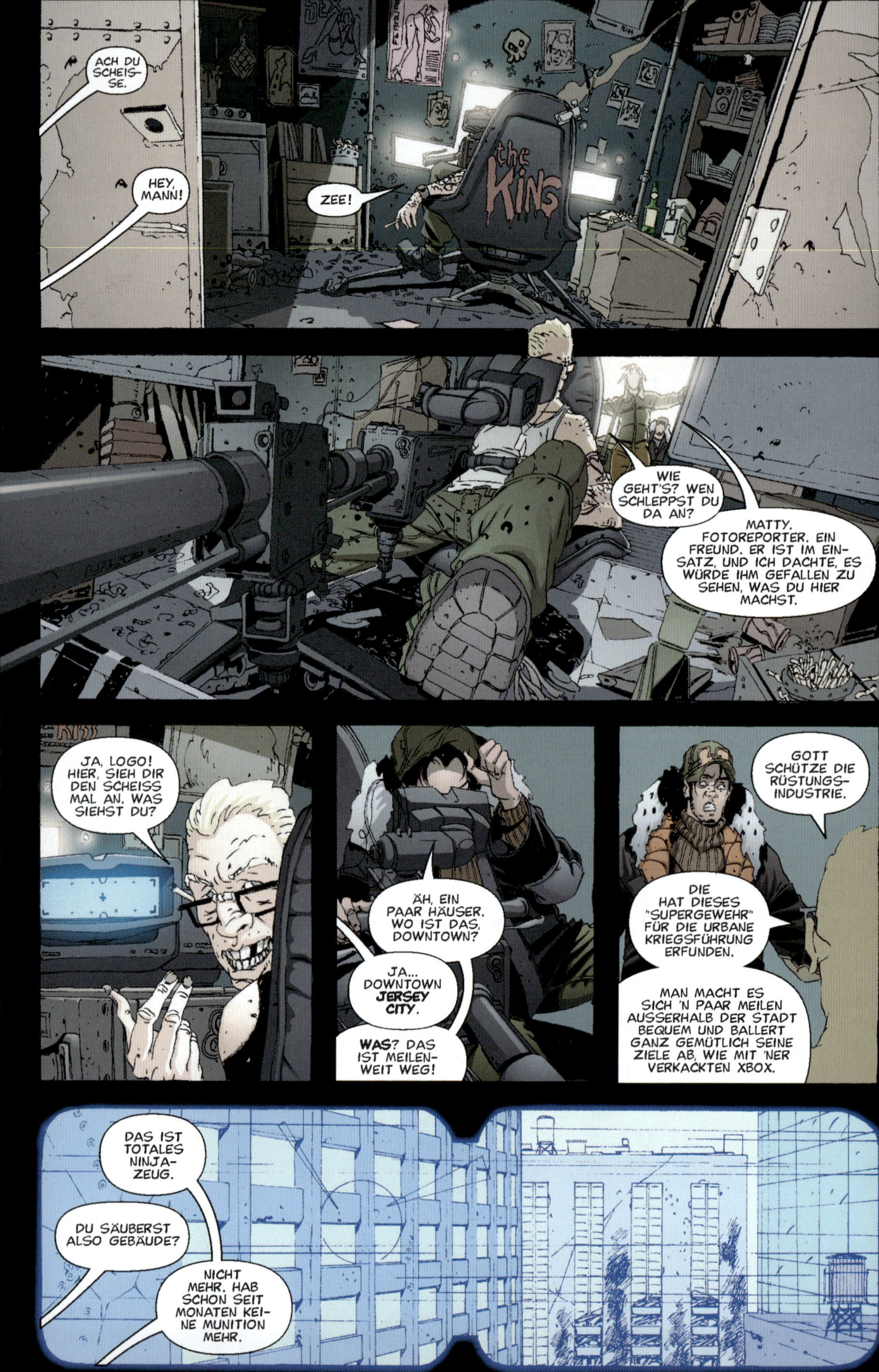
ACH DU SCHEIS-SE.
HEY, MANN!
ZEE!
WIE GEHT'S? WEN SCHLEPPST DU DA AN?
MATTY. FOTOREPORTER. EIN FREUND. ER IST IM EIN-SATZ, UND ICH DACHTE, ES WÜRDE IHM GEFALLEN ZU SEHEN, WAS DU HIER MACHST.
JA, LOGO! HIER, SIEH DIR DEN SCHEISS MAL AN. WAS SIEHST DU?
ÄH, EIN PAAR HÄUSER. WO IST DAS, DOWNTOWN?
JA... DOWNTOWN **JERSEY CITY**.
WAS? DAS IST MEILEN-WEIT WEG!
GOTT SCHÜTZE DIE RÜSTUNGS-INDUSTRIE.
DIE HAT DIESES "SUPERGEWEHR" FÜR DIE URBANE KRIEGSFÜHRUNG ERFUNDEN.
MAN MACHT ES SICH 'N PAAR MEILEN AUSSERHALB DER STADT BEQUEM UND BALLERT GANZ GEMÜTLICH SEINE ZIELE AB, WIE MIT 'NER VERKACKTEN XBOX.
DAS IST TOTALES NINJA-ZEUG.
DU SÄUBERST ALSO GEBÄUDE?
NICHT MEHR. HAB SCHON SEIT MONATEN KEI-NE MUNITION MEHR.

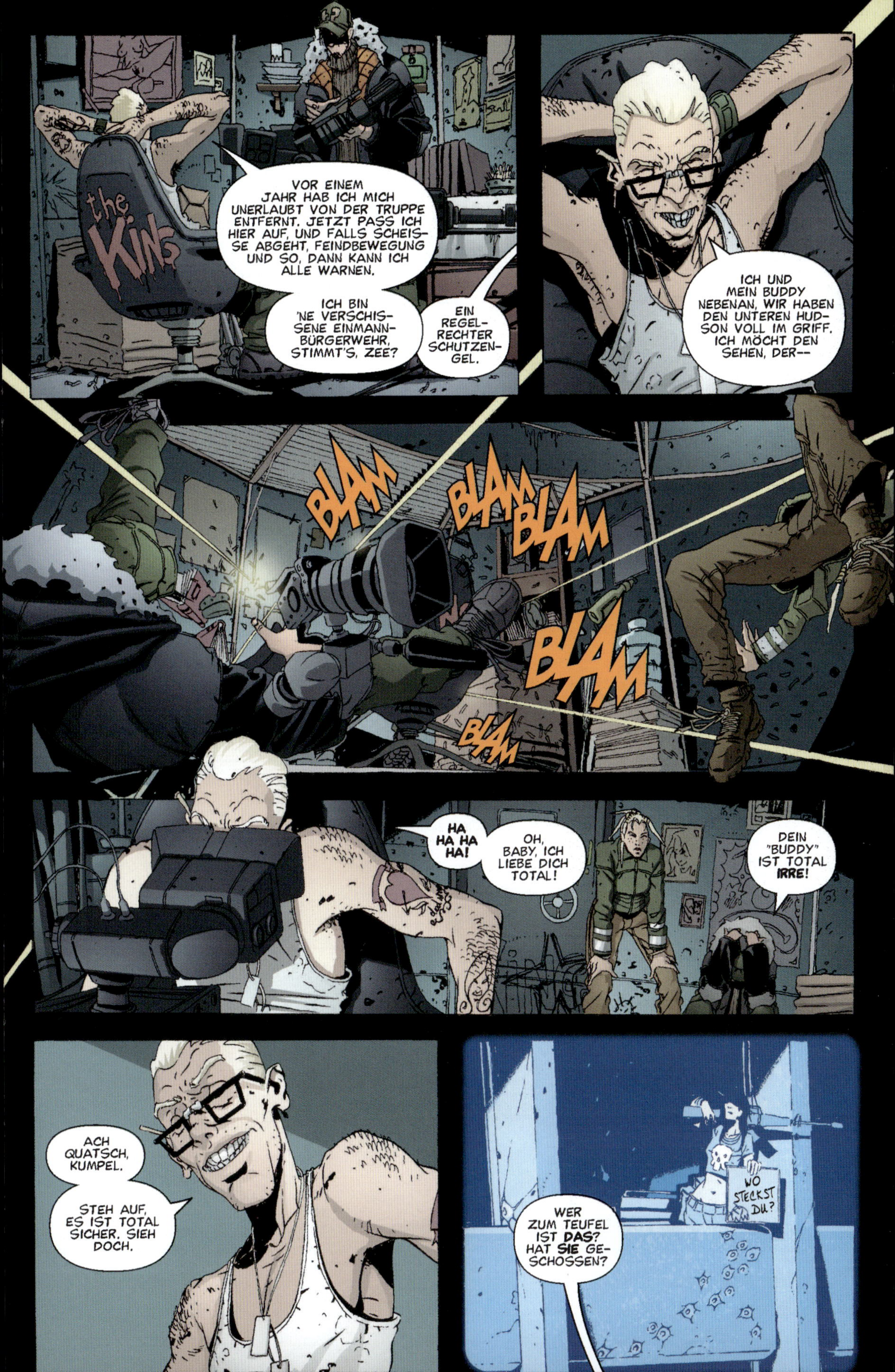
the KING
VOR EINEM JAHR HAB ICH MICH UNERLAUBT VON DER TRUPPE ENTFERNT. JETZT PASS ICH HIER AUF, UND FALLS SCHEISSE ABGEHT, FEINDBEWEGUNG UND SO, DANN KANN ICH ALLE WARNEN.
ICH BIN 'NE VERSCHISSENE EINMANN-BÜRGERWEHR, STIMMT'S, ZEE?
EIN REGELRECHTER SCHUTZENGEL.
ICH UND MEIN BUDDY NEBENAN, WIR HABEN DEN UNTEREN HUDSON VOLL IM GRIFF. ICH MÖCHT DEN SEHEN, DER--
BLAM
BLAM BLAM
BLAM
BLAM
HA HA HA HA!
OH, BABY, ICH LIEBE DICH TOTAL!
DEIN "BUDDY" IST TOTAL IRRE!
ACH QUATSCH, KUMPEL.
STEH AUF, ES IST TOTAL SICHER. SIEH DOCH.
WO STECKST DU?
WER ZUM TEUFEL IST DAS? HAT SIE GESCHOSSEN?

JA, TOTAL MEINE SCHULD. ICH HAB UNSER DATE VER-PENNT.
SIE IST NUR ETWAS ANGEPISST. ICH SCHREIB IHR WAS...
ES IST SEINE FREUNDIN!
ABER MEINE KNARRE IST COOLER!
SORRY, BABY! ICH HABE BESUCH!
ABER SAGT IHR DAS NICHT.
SOWEIT ICH DAS WEISS, HAT SIE DENSELBEN JOB WIE ICH. AUF DIE ART UNTERHALTEN WIR UNS.
WOW. IHR SCHREIBT EUCH BOTSCHAFTEN? IHR HABT EUCH NIE PERSÖNLICH GE-TROFFEN?
HEY, WENN DAS NICHT PERSÖN-LICH IST? ICH SEH SIE DOCH... GANZ DIREKT VOR MIR!
ICH BIN KEIN FREAK ODER PERVER-SER, MANN. WIR SIND SEIT SECHS MONATEN ZU-SAMMEN.
ICH VER-STEH DAS RICHTIG, JA?
SIE IST IN JERSEY, BEI DEN FREIEN STAATEN, UND DU GEHÖR-TEST ZUR U.S. ARMY? KANN ICH DICH IN-TERVIEWEN?
SOGAR ZU DEN MARINES! KLAR, MANN, LEG LOS. ABER KEINE NAMEN!
BIN GLEICH SO WEIT, OKAY?
KANN SIE NICHT EINFACH HÄN-GEN LASSEN. IM GEGEN-SATZ ZU MIR HAT SIE MUNITION SATT.
ZIEM-LICH COOL, HM?

"Ziemlich cool," sagt Zee. Die Untertreibung des Jahres.
Mir ist klar, dass ich wie ein Arschloch klinge, wenn ich das sage. Aber so traurig die verletzten Kinder auch sind, dieser Scharfschütze überzeugt mich davon, hierzubleiben und Reportagen zu machen.
Dieses Paar, das sich auf unterschiedlichen Seiten des Bürgerkrieges durch den Gewehrlauf hindurch kennengelernt hat und Liebesbotschaften schreibt. Beides Verräter. Beiden ist es egal.
Wenn man sie so nennen darf. "Liebe überbrückt die Gräben des Krieges." Was für ein mieses Klischee, wenn es nicht so echt wäre.
Ich bin erst zwei Tage hier. Was ist noch da draußen?
Und was sind diese Infos wert?
HUNAN
Die wichtige Frage ist, ob der Sender meine Berichte akzeptiert.
Oder ob sie einen weiteren Angriff veranlassen.

Ich wette, sie verhalten sich wie jeder Konzern und denken nur ans Geld. Im Prinzip verschaffe ich ihnen exklusives, kostenloses Material, stimmt's?
FALAFEL
HUMMUS
WARM PIT
COLD WATE
GARDEN BURGE
Soweit ich weiß, bin ich derzeit der einzige Journalist in der Stadt.
Sie werden es senden.
I NY
Sie kriegen zwei Berichte. Die Lovestory. Und einen über Zee.
Das verleiht dem Krieg ein Gesicht.
ZOO YORK

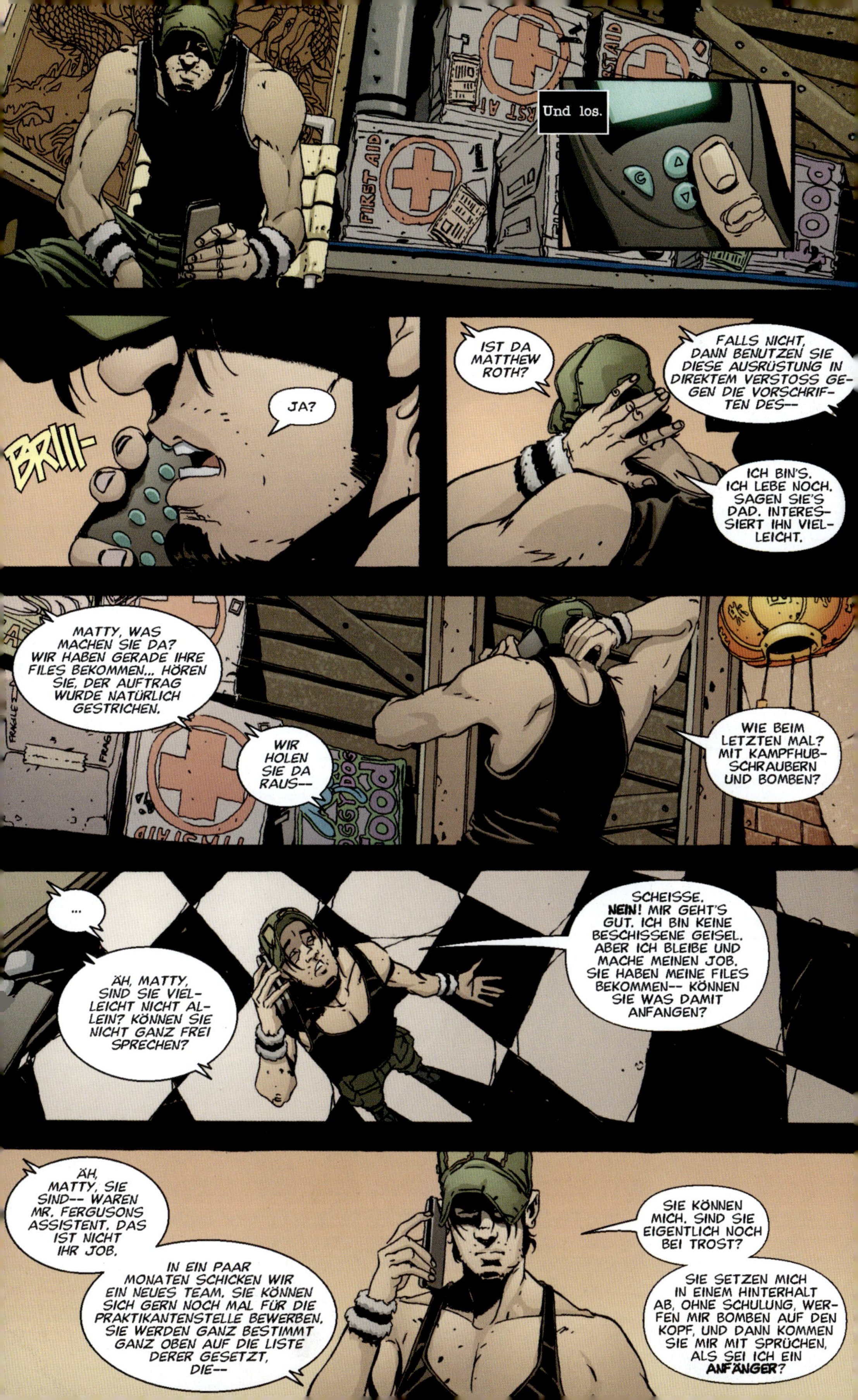
Und los.
BRIII-
JA?
IST DA MATTHEW ROTH?
FALLS NICHT, DANN BENUTZEN SIE DIESE AUSRÜSTUNG IN DIREKTEM VERSTOSS GEGEN DIE VORSCHRIFTEN DES--
ICH BIN'S. ICH LEBE NOCH. SAGEN SIE'S DAD. INTERESSIERT IHN VIELLEICHT.
MATTY, WAS MACHEN SIE DA? WIR HABEN GERADE IHRE FILES BEKOMMEN... HÖREN SIE, DER AUFTRAG WURDE NATÜRLICH GESTRICHEN.
WIR HOLEN SIE DA RAUS--
WIE BEIM LETZTEN MAL? MIT KAMPFHUBSCHRAUBERN UND BOMBEN?
...
ÄH, MATTY, SIND SIE VIELLEICHT NICHT ALLEIN? KÖNNEN SIE NICHT GANZ FREI SPRECHEN?
SCHEISSE. NEIN! MIR GEHT'S GUT. ICH BIN KEINE BESCHISSENE GEISEL. ABER ICH BLEIBE UND MACHE MEINEN JOB. SIE HABEN MEINE FILES BEKOMMEN-- KÖNNEN SIE WAS DAMIT ANFANGEN?
ÄH, MATTY, SIE SIND-- WAREN MR. FERGUSONS ASSISTENT. DAS IST NICHT IHR JOB.
IN EIN PAAR MONATEN SCHICKEN WIR EIN NEUES TEAM. SIE KÖNNEN SICH GERN NOCH MAL FÜR DIE PRAKTIKANTENSTELLE BEWERBEN. SIE WERDEN GANZ BESTIMMT GANZ OBEN AUF DIE LISTE DERER GESETZT, DIE--
SIE KÖNNEN MICH. SIND SIE EIGENTLICH NOCH BEI TROST?
SIE SETZEN MICH IN EINEM HINTERHALT AB, OHNE SCHULUNG, WERFEN MIR BOMBEN AUF DEN KOPF, UND DANN KOMMEN SIE MIR MIT SPRÜCHEN, ALS SEI ICH EIN ANFÄNGER?

OKAY, JA, ICH **BIN** EIN ANFÄNGER, ABER ICH BIN EIN BESCHISSENER ANFÄNGER MIT EINER KOMPLETTEN SCHNITT- UND SENDEAUSRÜSTUNG MITTEN IN MANHATTAN! UND DAMIT KANN KEINER IHRER KONKURRENTEN MITHALTEN, ODER?
ICH HABE EINEN FÜHRER, EINEN SCHLAFPLATZ UND KRIEG DEN JOB HIN. WOLLEN SIE DIE BERICHTE ODER NICHT?
FALLS NICHT, KRIEGE ICH GUTES GELD FÜR DIE AUSRÜSTUNG AUF DEM SCHWARZMARKT.
...
HALLO?
TUT MIR LEID, MATTY. WIR HABEN JETZT IHRE FILES AUF DEM BILDSCHIRM. SIEHT GAR NICHT SO SCHLECHT AUS.
NA VIELEN DANK.
WIR BRAUCHEN ABER ETWAS MIT MEHR SUBSTANZ. MIT MEHR BUMS. UND GERADE BAHNT SICH WAS AN.
SOUTH STREET SEAPORT? IST IHNEN DAS EIN BEGRIFF?
FINDE ICH.
MACHEN SIE SICH AUF DEN WEG. SUCHEN SIE EIN BÜROGEBÄUDE ODER HOTEL, OBERE STOCKWERKE, ETWAS SICHERES.
SOFORT? MOMENT-- WAS SOLL ICH DA? WORUM GEHT'S?
...
WIR HABEN ÜBERALL BEZAHLTE INFORMANTEN, MATTY. SELBST IM PENTAGON...
OLD SOUTH STREET SEAPORT
MOMENT, SOLL DAS HEI--

"SIE BEREITEN DIE INVASION LOWER MANHATTANS VOR, MATTY.
"SIE GLAUBEN, SIE HABEN'S DRAUF? SCHEISSE, BEWEISEN SIE ES."
MARINE FORCE-AUFKLÄRUNGSEINHEITEN. MONTAUK, LONG ISLAND
DIE VEREINIGTEN STAATEN VON AMERIKA
FIRE FOX
07
72
E1

ROTH, M
CONTRACT/TEMP
/07372-64D
CITIZEN, CONF.
NEXT OF KIN [redacted] DNR: N
ORGAN DONOR: Y
BLOOD TYPE A/B
REAL
PRESS
/FOTO LIBERTY NEWS STAFF (TEMP)

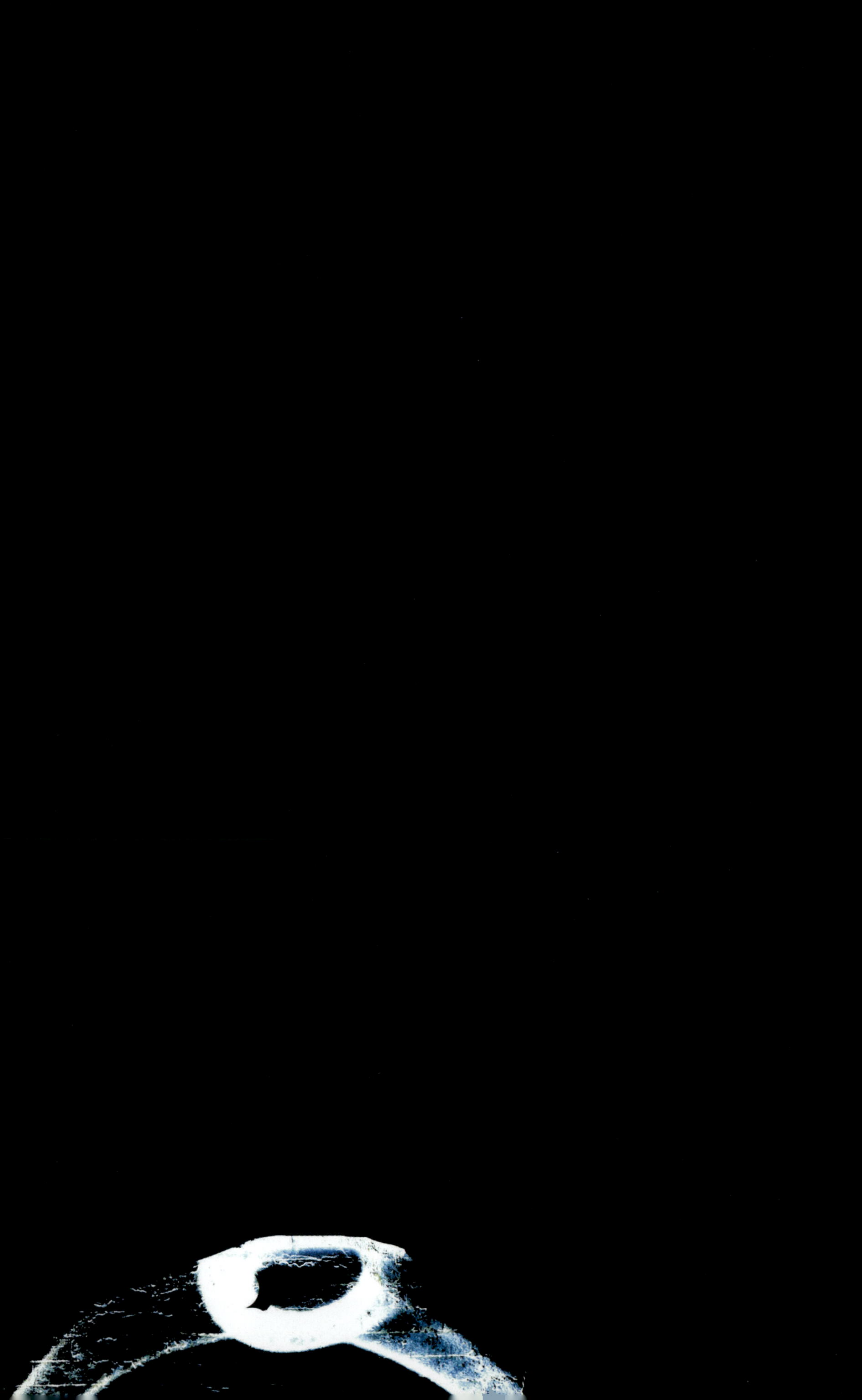

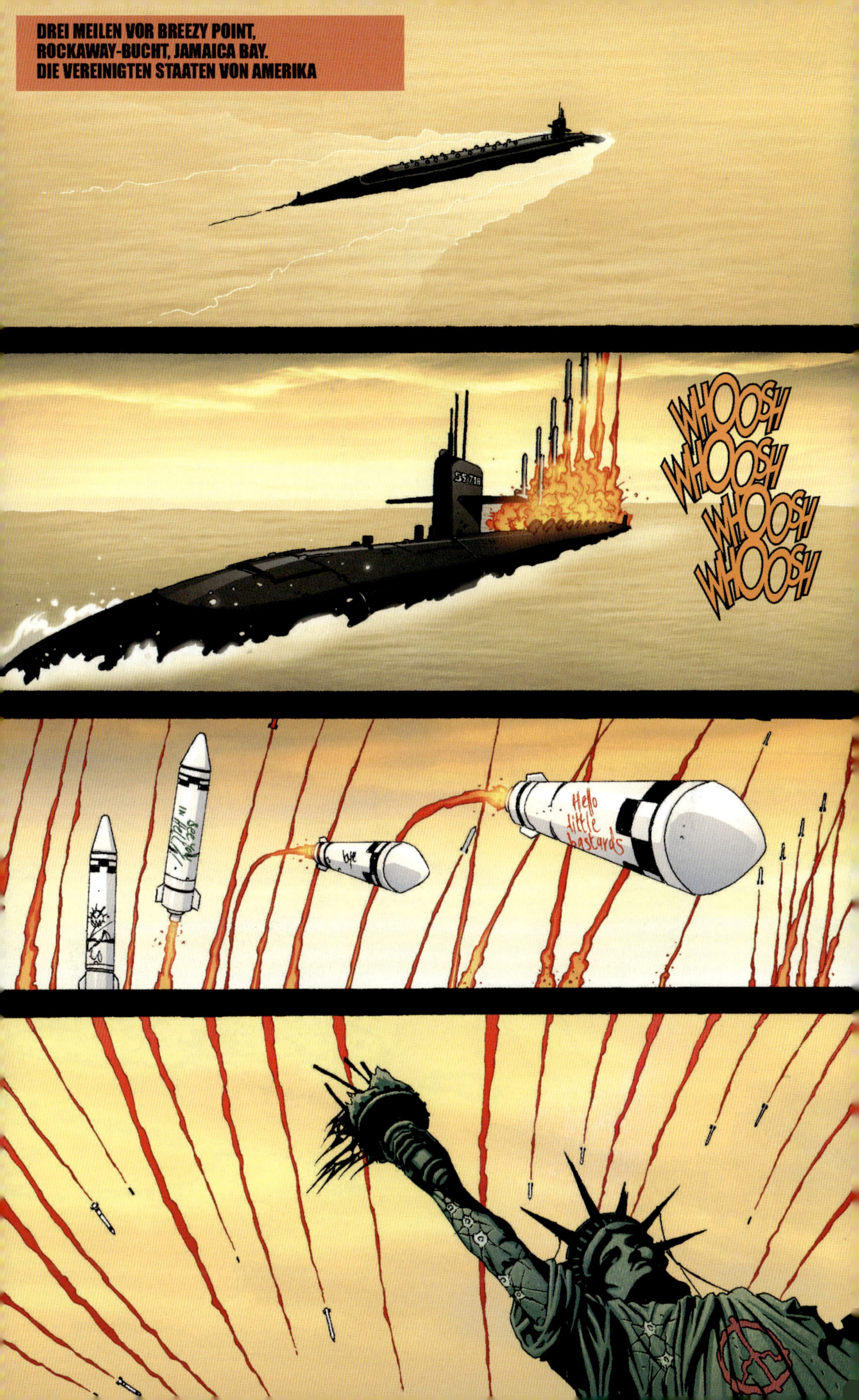

DREI MEILEN VOR BREEZY POINT,
ROCKAWAY-BUCHT, JAMAICA BAY.
DIE VEREINIGTEN STAATEN VON AMERIKA
WHOOSH
WHOOSH
WHOOSH
WHOOSH
See you in HELL!
bye
Hello little bastards

Brauchte ewig bis Downtown.
Glück gehabt.

HUST HUST
SLAM
ACH DU SCHEIS-SE!
BLACK HAWK, HM? ERWISCHT!

KUK KUK KUK KUK
GANZ RUHIG, MEIN FREUND!
KEINEN MUCKS! HÄNDE HINTER DEN KOPF, SOFORT!
ICH SAGTE, SOFORT, KACKSPECHT! PFOTEN HOCH!
ICH-- ICH HAB NUR 'NE KAMERA! EINE KAMERA!
ICH BIN KEIN REBELL! ICH BIN NUR--
AUF DIE KNIE, SOFORT! HÄNDE HINTER DEN KOPF!
ICH BIN REPORTER. SEHEN SIE SICH DEN AUSWEIS AN!
L-LIBERTY NEWS! OKAY?
"NEWS FOR AMERICANS!", KLAR?
ICH BIN AUF EURER SEITE...

WHUP WHUP WHUP
OKAY, GUT. AUFSTEHEN.
AUSZIEHEN.
DU DORFPROLL. DU SAHST AUS WIE 'N SCHARFSCHÜTZE.
MAN HAT UNS NICHTS VON PRESSE VOR ORT ERZÄHLT. SPRECHEN SIE SICH GEFÄLLIGST MIT DER FÜHRUNG AB UND VERGEUDEN SIE NICHT UNSERE ZEIT.
ANZIEHEN, UND ZWAR PRONTO! SIE KOMMEN MIT UNS MIT.

BEWEGUNG! WER NICHT SCHIESST, IST UNS EGAL.
COP KILLER
SCHICK DEINE JUNGS NACH NORDEN. WIR SICHERN WEST BIS BROADWAY.
SLAYER
MARKIERT SIE, UND AB. DAS AUFRÄUMKOMMANDO KOMMT GLEICH.

EINS... ZWEI... DREI... VIER...
FFFHHHH
GUT GEMACHT, JUNGS.
EINE VIERKÖPFIGE FAMILIE. VOLLTREFFER. MEINEN GLÜCKWUNSCH AN EURE BOSSE.
HÖR ZU, MIST-STÜCK...
LASS GUT SEIN. "IHR MACHT NUR EUREN JOB, BLA, BLA, BLA..."

... UND ICH MACHE NUR MEINEN, KLAR?
WAS SCHREIBST DU DA?
HEY!
WEG DA, PENDLETON!
FASS SIE NICHT AN-- NICHT SCHON WIEDER STRESS WEGEN BELÄSTIGUNG.
ROTH, SCHIEBEN SIE IHREN ARSCH HER.
EINE FOTOSERIE, OKAY? KEINE STRASSENNAMEN, KEINE MARKANTE ARCHITEKTUR IM HINTERGRUND UND NICHT DIE GESICHTER MEINER JUNGS.
TITEL: "REBELLENZELLE BESEITIGT, DIE DABEI WAR, US-TRUPPEN ANZUGREIFEN." ODER SO ÄHNLICH.
UND DIE **KLEINEN LEICHEN** ÜBERSEHEN SIE.
KAPIERT?
SKREEEEEE

BOOM
BOOM
BOOM
UFF!
KLIK
KLIK
KLIK

SCHEISSE, ALLES KLAR?
DER WICHSER MUSS DIREKT ÜBER UNS SEIN. WAS GESEHEN?
SIND SIE VERLETZT?
IST NICHT MEIN BLUT, KEINE SORGE. DIE RAKETE HAT EINE DER LEICHEN DRÜBEN GETROFFEN. IST EXPLODIERT WIE 'NE SCHEISS TOMATE.
AUCH LEICHEN BLUTEN.
ICH SEH NICHTS, SARGE! OB SIE WEG SIND?
PENDLETON, DU IDIOT! ZURÜCK!
NEE, ALLES COOL-- DIE HABEN SICH VERPISST.
HALLO, MANHATTAN! KENNT IHR MICH NOCH, IHR MIESEN PISSER?
ICH BIN DER GOTTVERDAMMTE KÖNIG VON NEW YORK!

HEILIGER.
DURCHGEDREHT.
KLAPPE.
GANZ RUHIG, ALLE BEIDE.
WARUM ERSCHIESSEN SIE IHN NICHT? SIND SIE ECHT WEG?
NEE, DIE WARTEN, DASS IHN EINER HOLT. ZWEI ZIELE SIND BESSER ALS EINS.
UND? WAS MACHEN SIE JETZT?
WEG MIT DEM TEIL, KACKSPECHT.
DU HOLST IHN. BRING IHN HER. AUF PRESSE SCHIESSEN DIE NICHT.
WAS? **SIE** HABEN MICH BEINAHE ABGEKNALLT, ODER?
ICH GEHE **NIEMALS** DA RAUS, DAS IST **IHR** VERKACKTER JOB!
HEY, BURNETT! WIRF DIE SPRÜHDOSE HER!
ZEIGT'S MIR, **IHR WICHSER!**
TUMP!
TUMP!
TUMP!

WAS HABEN SIE VOR?
WEISS DER GEIER, WARUM DU OHNE SO 'NE PRESSE-WESTE HIER RUM-LÄUFST...
DACHTE, DAS WÄRE STANDARD FÜR ALLE REPORTER.
PRESS
PERFEKT.
UND JETZT SETZ DEINEN ARSCH IN BEWE-GUNG UND HOL PENDLETON ZURÜCK.
ER VER-BLUTET.
LECK MICH, DIE BRINGEN MICH UM!
ODER ICH!
WÜRDE ER DAS TUN?
WAHR-SCHEINLICH.
MIST!
HUST HUST
SANI KOMMT!

ICH BIN UNBEWAFF-NET!
DIE HAT MUT.
ZEE!
SCHEISSE, ZEE, ICH FASS ES EINFACH NICHT!
GEH ZU DEINEN KUMPELS, ICH BRAUCH DICH HIER NICHT.
HERRGOTT NOCH MAL, DA LÄSST MAN DICH ZEHN MINUTEN ALLEIN UND SCHON VERBÜNDEST DU DICH MIT DIESEN PSYCHOS.
TOLLER JOB, SUPER GEMACHT. ICH HOFFE, ALLES IST GENAU SO, WIE DU ES DIR GEWÜNSCHT HAST.
VON WEGEN VERBÜNDET. SIE HABEN MICH GEZWUNGEN MITZUKOMMEN.
WIE DENN? MIT GEWALT? MIT 'NER KNARRE AM KOPF, MATTY?
JA!
JA, KLAR.
DER KOMMT DURCH, BIS SIE IHN RAUSFLIEGEN. SCHNAPP SEINEN ANDEREN ARM, WIR BRINGEN IHN ZURÜCK.

KRAK
...
SCHEISSE, PENDLETON, NEIN!
ICH HAB ES SO SATT...
IHR VERWANDELT ALLES IN SCHEISSE. UND DIE MENSCHEN STERBEN.
ZEE, WARTE DOCH...
VERPISS DICH, MATTY! GEH NACH HAUSE!

SCREEEEEECH
SCREEEEEECH
TAKATAKATAKA
TAKATAKA
THWACK
THWACK
THWACK
THWACK
THWACK
P-TING!
P-TING!
P-TING!
P-TING!
TAKATAKATAKA
TAKATAKA

Ich habe auf die Uhr gesehen... Großer Fehler. Es ist nicht mal acht Uhr morgens. Meine Beine zittern immer noch.
Wenn ich bis zum Abend bleibe, kann ich wahrscheinlich abhauen. Und dann? Zu Zee?
Sie kann mich nicht ab.
Ich sollte das scheiß Handy einschalten und sie bitten, mich abzuholen. Hier hält mich doch keiner, ich hab keine Bleibe und weiß nichts von dieser Stadt.
Ich bin allein.
In ein paar Stunden könnte ich zu Hause in Southampton sein.
KUKKUK
KUK
KUK KUK

"Mit Bedauern muss Liberty News Ihner mitteilen, dass Viktor Ferguson vor drei Tagen bei einem Hubschrauber-absturz ums Leben kam.
"Mr. Ferguson war ein preisgekrönter Journalist und enger Freund des Senders. Wir werden ihn alle vermissen.
"Als Ursache des Absturzes, der ihn und sein gesamtes Team das Leben kostete, wird Rebellenaktivität vermutet.
"In den frühen Morgenstunden starteten amerikanische Truppen einen Angriff auf Lower Manhattan und machten damit alle Hoffnungen auf eine Wiederbelebung des gebrochenen Waffenstillstands zunichte.
"Bei Raketenangriffen, die der Invasion vorausgingen, wurden Stellungen der Freien Armee und der Rebellen entlang der Küste vernichtet.
"Tapfere Soldaten der Dritten Atlantischen Special Forces drangen, ohne auf Widerstand zu treffen, bis Uptown vor, ehe Gewehrfeuer ihren Vorstoß in Höhe von Pearl und John Street auf der East Side und Rector Street auf der West Side aufhielt.
"Zu keinem Zeitpunkt der Operation störten US-Truppen die Ruhe von Ground Zero."
© Westside Kollektiv Owns Us

109
"Geoff Bamberger, militärischer Experte bei Liberty News: 'Als Ausgangspunkt für diese Operation war immer der Old South Street Seaport angenommen worden.
"'Aber in letzter Sekunde wurde die Taktik geändert, und die Truppen landeten in South Gardens, wo sie einen Brückenkopf bildeten und von dort aus Richtung Norden vordrangen.'
"Die Special Forces haben keine Journalisten dabei, daher wurde erwartet, Bilder von den Gefechten höchstens via Militärsatellit zu erhalten.
"Aber am späten Nachmittag erreichten unsere Redakteure Texte und Bilder aus der Stadt.
"'Sie können gerne weiter nachfragen, aber wir wissen wirklich nicht, wer es ist', sagte der stellvertretende Lokalredakteur Sean Greelee anwesenden Reportern. 'Es ist möglich, dass ein Teil der Ausrüstung beim Absturz von Mr. Fergusons Hubschrauber verloren ging und nun von jemandem benutzt wird.
"'Wer, wo und warum, das wissen wir nicht, okay?'
"Die Redaktion verbucht die Quelle der Informationen zurzeit als 'anonym'."

"Seien Sie während Ihres wohlverdienten Feierabends gewiss, dass unsere Gedanken und Gebete bei den tapferen Männern und Frauen der Dritten Atlantischen Special Forces sind sowie bei all unseren Truppen rund um den Globus.
"Der Preis für die Freiheit ist hoch, aber noch nie in der Geschichte dieses stolzen Landes war der Preis so wichtig und seine Entrichtung so ehrenhaft.
PHOTO
"In 30 Minuten können Sie mehr über die Ereignisse erfahren. Liberty News, wir sind für Sie da. Für Amerika. Für die Amerikaner."

Ich hab den Job.
Oder besser, ich darf ihn bis auf weiteres erledigen. Ich hab wohl nicht totalen Mist geliefert.
Ich war etwas Uptown unterwegs, die Pearl Street rauf. Ich fand einen Stadtplan in einem alten Drugstore, daher weiß ich jetzt, wohin ich gehe.
Falls noch geschossen wird, höre ich es nicht. Eine Pattsituation. Genau wie der ganze Krieg. Es wird wieder ruhiger.
...VRRR...
Ich hab das Handy nicht benutzt.
In Southampton konnte man abends eh nichts Cooles machen.

Morgen gehen die Kämpfe weiter, aber das ist jetzt selbst nach stundenlangen Gefechten Millionen Meilen weit weg.
Diese Stadt ändert sich alle paar Blocks.
Hinter jeder Ecke gibt es was Neues.
Ich denke, ich gehe Richtung St. James bis Madison, dann etwas ostwärts. Mal sehen, was dort abgeht.

Was morgen passiert, sehen wir dann.
PRESS

IRGENDWO NAHE CENTRAL PARK WEST UND 68. STRASSE.
MANHATTAN,
DMZ
PRESS
PRES
WHUMP!

MIST.
AU! SCHEISSE!
WHUMP!
?
DAS KANN DOCH NICHT DER CENTRAL PARK SEIN...
DOCH, ER IST ES... WAS DAVON ÜBRIG IST.

ICH WEISS, DASS ES KALT IST, ABER DU KLAUST UNS KEIN BRENNHOLZ MEHR.
POOM

HM?
WAS ZUM TEUFEL IST DAS?
AHHHH!
ACH DU SCHEIS-SE!

WHAP
DAS HAT WEH-GETAN...!
?
HEY.
ER IST WACH. SÜDOST-BIOTOP.

CENTRAL PARK ARMORY, MANHATTAN
ICH BIN REPORTER. ES IST BESTIMMT NICHT ERLAUBT, MICH ZU KIDNAPPEN.
DA MÜSSEN WIR UNS ENTSCHULDIGEN. WIR HATTEN SIE NICHT ALS REPORTER ERKENNEN KÖNNEN. UND IM ÜBRIGEN HABE ICH HIER IN DER ECKE NOCH **NIE** EINEN JOURNALISTEN GESEHEN.
WIR NAHMEN AN, DASS SIE PLÜNDERN WOLLTEN, UND DAHER HABEN WIR VORBEUGENDE MASSNAHMEN ERGRIFFEN.
ICH BIN SOAMES. ICH LEITE DEN LADEN.
WIR WOLLTEN SIE NICHT EINFACH DEN ELEMENTEN ÜBERLASSEN, DAHER HABEN WIR SIE REINGEHOLT.
NETT VON UNS, HM?
WIR SIND IM CENTRAL PARK-ZOO, JA? UND SIE SIND... **ZOOWÄRTER?**
EHER PFLEGER. PARKPFLEGER. EINIGE VON UNS ARBEITETEN FÜR DAS PARK-DEPARTMENT, ANDERE FÜR DEN ZOO SELBST. WIR HABEN WISSENSCHAFTLER, STUDENTEN UND LEUTE WIE MICH.
ENGAGIERTE BÜRGER. FREUNDE DES PARKS.
ALSO... WIESO STOLPERT EIN EINSAMER JOURNALIST IM PARK HERUM? MITTEN IN EINEM SCHNEESTURM?

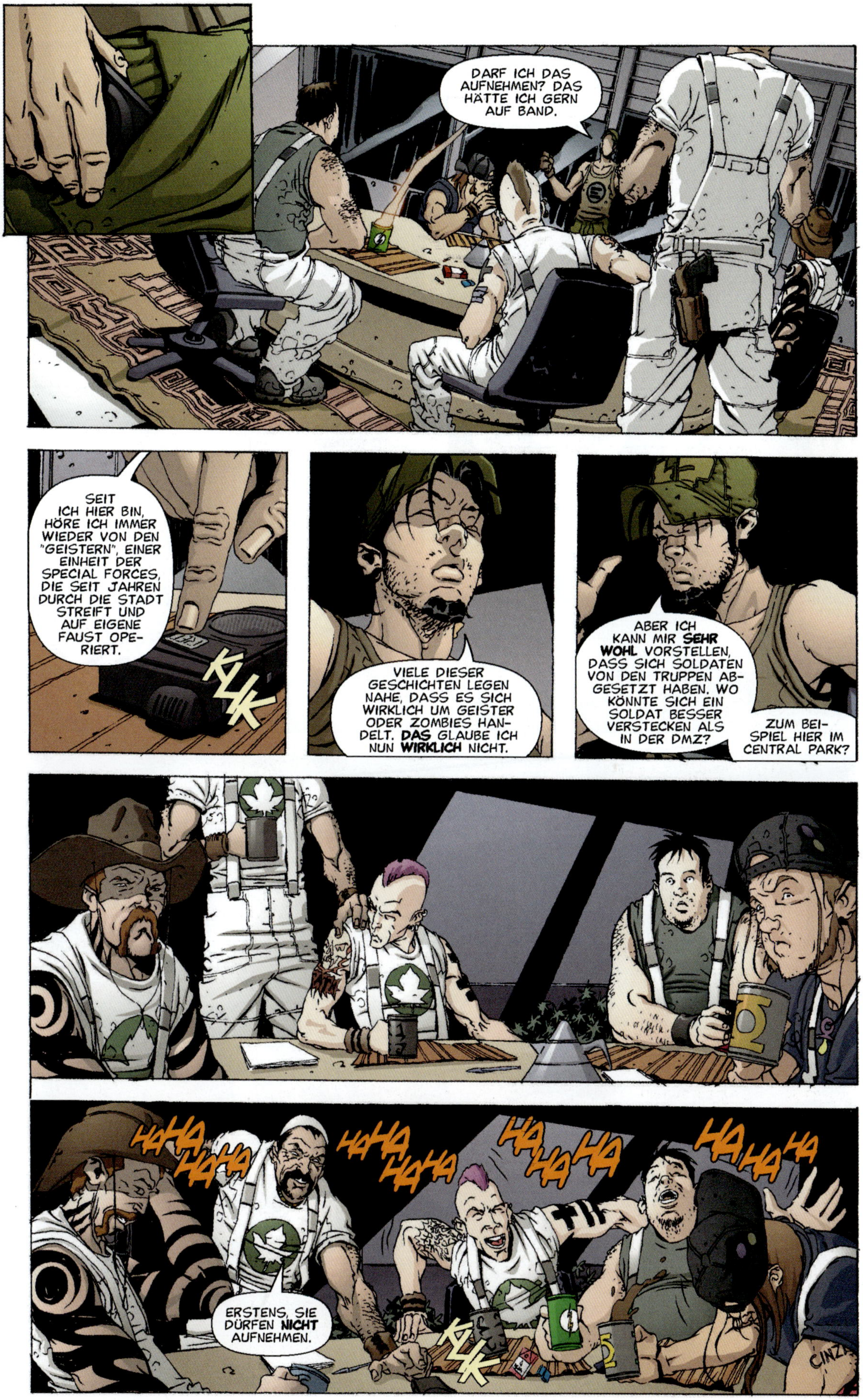
DARF ICH DAS AUFNEHMEN? DAS HÄTTE ICH GERN AUF BAND.
SEIT ICH HIER BIN, HÖRE ICH IMMER WIEDER VON DEN "GEISTERN", EINER EINHEIT DER SPECIAL FORCES, DIE SEIT JAHREN DURCH DIE STADT STREIFT UND AUF EIGENE FAUST OPERIERT.
KLIK
VIELE DIESER GESCHICHTEN LEGEN NAHE, DASS ES SICH WIRKLICH UM GEISTER ODER ZOMBIES HANDELT. DAS GLAUBE ICH NUN WIRKLICH NICHT.
ABER ICH KANN MIR SEHR WOHL VORSTELLEN, DASS SICH SOLDATEN VON DEN TRUPPEN ABGESETZT HABEN. WO KÖNNTE SICH EIN SOLDAT BESSER VERSTECKEN ALS IN DER DMZ?
ZUM BEISPIEL HIER IM CENTRAL PARK?
HAHA HAHA
HAHA HAHA
HA HA HA HA
HA HA HA HA
ERSTENS, SIE DÜRFEN NICHT AUFNEHMEN.
KLIK

ZWEITENS... MR. ROTH, DIE ANNAHME, WIR SEIEN EINE ART MYTHISCHE TODES-SCHWADRON, DIE DURCH MANHATTAN GEISTERT, IST SCHLICHT ALBERN.
WIR SIND UMWELTAKTI-VISTEN. NATURFREUNDE. WISSENSCHAFTLER. EINIGE NENNEN UNS SOGAR "BAUMUMARMER".
ABER VORHIN SAHEN SIE AUS WIE--
WEGEN DER GEWEHRE UND TARNAN-ZÜGE?
ICH WILL NICHT IHRE INTEL-LIGENZ INFRAGE STELLEN, INDEM ICH DAS OFFENSICHTLICHE BEIM NAMEN NENNE, ABER WIR HABEN KRIEG, MR. ROTH.
WIR HABEN ES UNS ZUR AUFGABE GEMACHT, DIE TIERE UND DEN PARK ZU BESCHÜT-ZEN, RICHTIG. UND WIR WERDEN AUCH DIEJENIGEN BEKÄMP-FEN, DIE UNS DABEI IN DIE QUERE KOMMEN...
ABER DAS MACHT UNS NICHT ZU DEN "GEISTERN".
ICH FÜRCHTE, DA HAT IHNEN JEMAND EIN MÄRCHEN ERZÄHLT. TUT MIR LEID, MR. ROTH.
SIE BEHAUPTEN ALSO, ES GIBT SIE NICHT.
DIE STADT IST KOMPLETT DURCHGEDREHT, KUMPEL. WER WEISS, WAS FÜR 'NE SCHEISSE DA DRAUSSEN ABGEHT. WIR JEDENFALLS NICHT, DENN WIR ZIEHEN NICHT EBEN DURCH DIE VIERTEL, KLAR?
ABER EINS IST SICHER: FALLS ES HIER IM PARK DIESE BESCHISSENEN "GEIS-TER" GÄBE, DANN WÜSSTEN WIR ES.
INTERESSANT.
ICH DENKE, JETZT WÄRE ES AN DER ZEIT FÜR EINEN OFFI-ZIELLEN RUNDGANG. WAS MEINEN SIE, MR. ROTH?

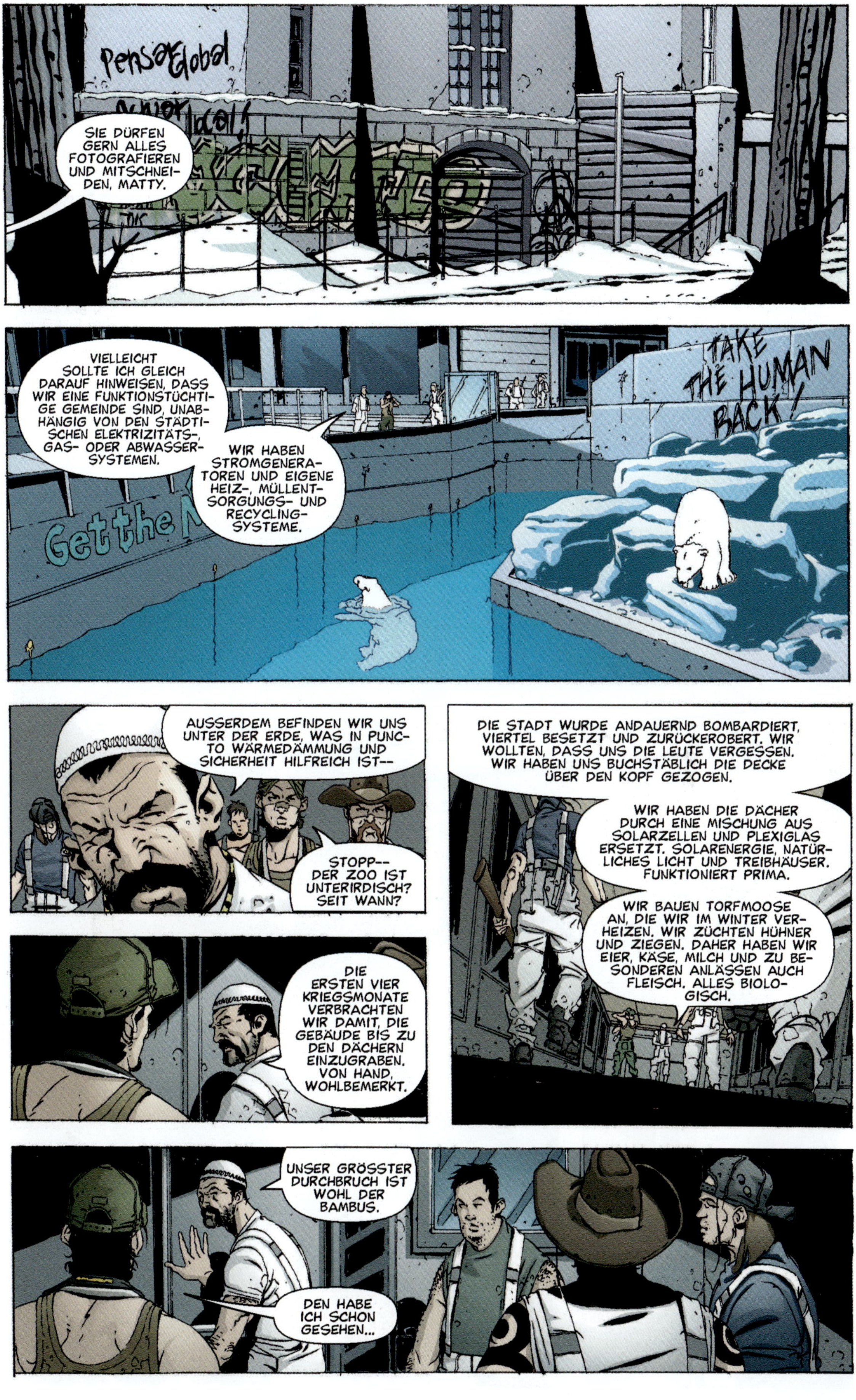
Pensar Global
SIE DÜRFEN GERN ALLES FOTOGRAFIEREN UND MITSCHNEIDEN, MATTY.
VIELLEICHT SOLLTE ICH GLEICH DARAUF HINWEISEN, DASS WIR EINE FUNKTIONSTÜCHTIGE GEMEINDE SIND, UNABHÄNGIG VON DEN STÄDTISCHEN ELEKTRIZITÄTS-, GAS- ODER ABWASSERSYSTEMEN.
WIR HABEN STROMGENERATOREN UND EIGENE HEIZ-, MÜLLENTSORGUNGS- UND RECYCLINGSYSTEME.
TAKE THE HUMAN BACK!
Get the
AUSSERDEM BEFINDEN WIR UNS UNTER DER ERDE, WAS IN PUNCTO WÄRMEDÄMMUNG UND SICHERHEIT HILFREICH IST--
STOPP-- DER ZOO IST UNTERIRDISCH? SEIT WANN?
DIE ERSTEN VIER KRIEGSMONATE VERBRACHTEN WIR DAMIT, DIE GEBÄUDE BIS ZU DEN DÄCHERN EINZUGRABEN. VON HAND, WOHLBEMERKT.
DIE STADT WURDE ANDAUERND BOMBARDIERT, VIERTEL BESETZT UND ZURÜCKEROBERT. WIR WOLLTEN, DASS UNS DIE LEUTE VERGESSEN. WIR HABEN UNS BUCHSTÄBLICH DIE DECKE ÜBER DEN KOPF GEZOGEN.
WIR HABEN DIE DÄCHER DURCH EINE MISCHUNG AUS SOLARZELLEN UND PLEXIGLAS ERSETZT. SOLARENERGIE, NATÜRLICHES LICHT UND TREIBHÄUSER. FUNKTIONIERT PRIMA.
WIR BAUEN TORFMOOSE AN, DIE WIR IM WINTER VERHEIZEN. WIR ZÜCHTEN HÜHNER UND ZIEGEN. DAHER HABEN WIR EIER, KÄSE, MILCH UND ZU BESONDEREN ANLÄSSEN AUCH FLEISCH. ALLES BIOLOGISCH.
UNSER GRÖSSTER DURCHBRUCH IST WOHL DER BAMBUS.
DEN HABE ICH SCHON GESEHEN...

ÄH, ODER DOCH NICHT...
WIR HATTEN SIE IN EINES DER KLEINEREN BIOTOPE GELEGT.
DAS IST DIE HAUPTANPFLANZUNG.
ABER WARUM BAMBUS?
UND WARUM SO **VIEL** DAVON?
IM ERSTEN WINTER NACH KRIEGSBEGINN FINGEN DIE LEUTE AN, DIE BÄUME IM PARK ABZUHOLZEN. UNS WAR SOFORT KLAR, DASS WIR EINE LÖSUNG FÜR DAS PROBLEM BRAUCHTEN.
BAMBUS IST KRÄFTIG, VIELSEITIG UND ENORM ANPASSUNGSFÄHIG. ER WÄCHST MIT WENIG UNTERSTÜTZUNG WIE UNKRAUT. ER MUSS NICHT UMGEPFLANZT WERDEN WIE ANDERE BÄUME. WIR HATTEN BEREITS EINEN KLEINEN BAMBUSBEREICH IM PANDAGEHEGE, UND WIR LIESSEN ES EINFACH WUCHERN.
WIR BAUEN UND HANDELN DAMIT, WIR ESSEN IHN SOGAR.
UND DIE PANDAS STEHEN DRAUF.
KLIK
EINFACH UNGLAUBLICH.

KLIK KLIK
WISSEN SIE, MATTY, SIE KÖNNTEN UNS **ECHT** HELFEN.
WIE?
WIR HABEN OFFENSICHTLICH MEHR BAMBUS, ALS WIR BRAUCHEN, UND WIR HANDELN MIT ALLEN, DIE INFRAGE KOMMEN, MANCHMAL VERSCHENKEN WIR IHN SOGAR.
IMMER NOCH BESSER, ALS ZUZUSEHEN, WIE WEITERE BÄUME GESCHLAGEN WERDEN.
ABER ES FIEL UNS IMMER SCHWER, DIE SACHE ZU VERBREITEN. WIR HATTEN IMMER REICHLICH MIT HOLZDIEBEN ZU TUN, DAHER BLIEB DIE ECHTE ARBEIT OFT LIEGEN.
SIE KÖNNTEN ETWAS PR FÜR UNS TREIBEN.
WIR WÜRDEN DER WELT GERNE MITTEILEN, DASS SICH JEMAND UM DEN PARK UND DIE TIERE KÜMMERT. VIELLEICHT KRIEGEN WIR SOGAR HILFE.
PR IST EHER NICHT MEIN DING. ICH SOLL **WERBUNG** FÜR SIE MACHEN.
DAS KLINGT JETZT SEHR NEGATIV. SIE SOLLEN JA NICHTS VERKAUFEN... NUR DEN LEUTEN SAGEN, WER WIR SIND UND WAS WIR TUN, MEHR EINE ART REPORTAGE.
IRGENDWANN GEHT AUCH DIESER KRIEG ZU ENDE UND DIE LEUTE KOMMEN ZURÜCK. WÄREN DIE NICHT FROH, WENN DER PARK DANN NOCH DA WÄRE?
ICH SCHREIBE UND SCHNEIDE DEN BERICHT ALLEIN. UND NICHT HIER. SIE MISCHEN SICH NICHT EIN.
UND SIE NEHMEN MICH MIT AUF PATROUILLE.
OKAY?

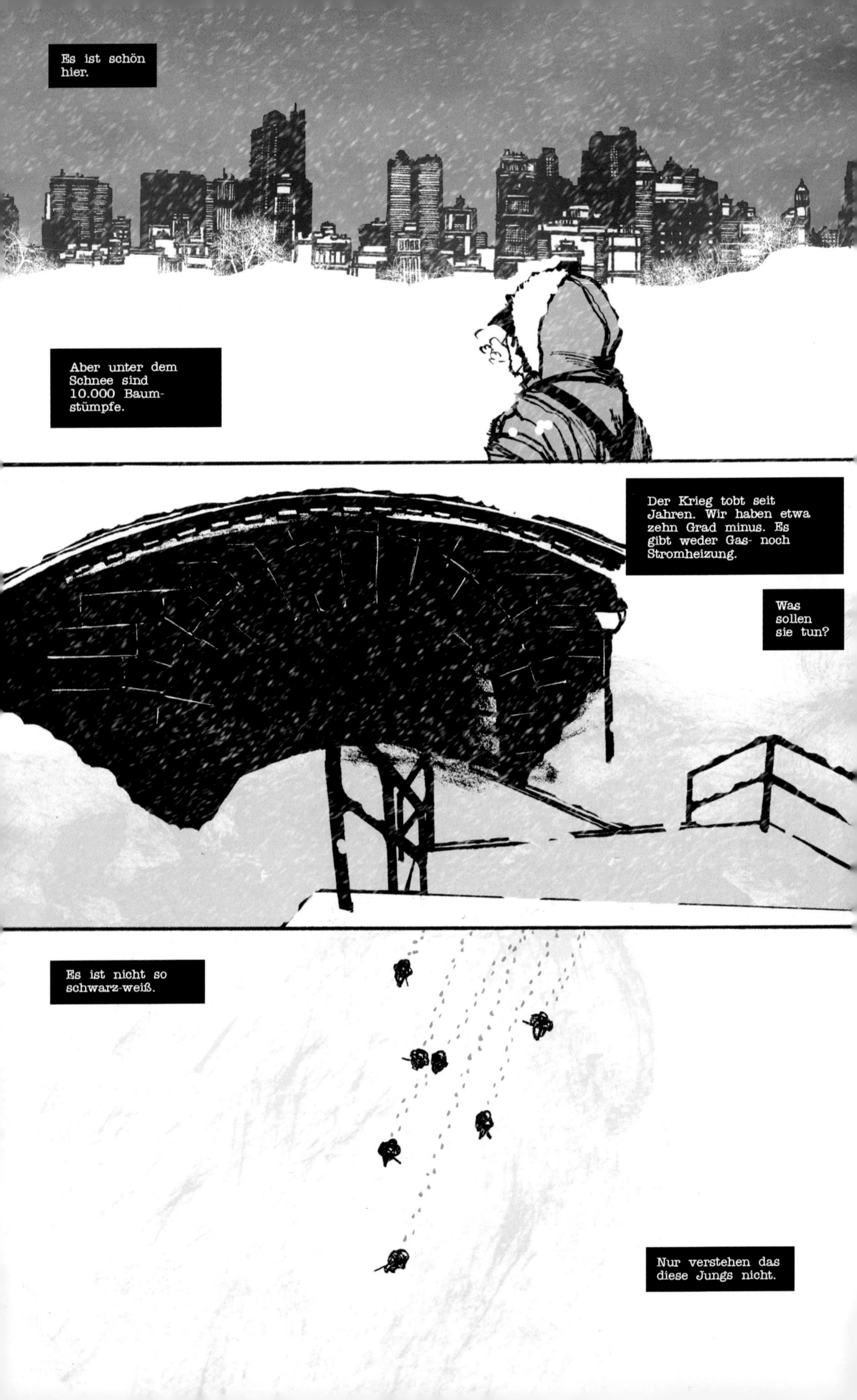
Es ist schön hier.
Aber unter dem Schnee sind 10.000 Baumstümpfe.
Der Krieg tobt seit Jahren. Wir haben etwa zehn Grad minus. Es gibt weder Gas- noch Stromheizung.
Was sollen sie tun?
Es ist nicht so schwarz-weiß.
Nur verstehen das diese Jungs nicht.

Aber sie sind gebildet, versiert und zahlreich genug, um Torfmoos anzubauen und Solar-zellen aufzustellen.
Zees Nachbarn verbrannten Müll, um sich aufzuwärmen. Sie hätten wohl auch einen Baum gefällt, hätten sie je einen gesehen.

Aber was ist, wenn alle Bäume weg sind?
Wann baut Soames seine Patrouillen aus und schickt sie Richtung Downtown?

Ich mache einen Werbespot für sie.
Süße Worte, damit Leute für eine Idee erfrieren?

WO SIND WIR JETZT? WELCHE STRASSE?
ETWA AUF HÖHE DER 96. STRASSE. WIR SIND GERADE ÜBER DAS RESERVOIR SPAZIERT.
ECHT?
DIE WICHSER AUS DER UPPER EAST SIDE MACHEN DEN MEISTEN ÄRGER. DIE HABEN SCHON AM FLUSS ALLES ABGEHOLZT, UND JETZT KOMMEN SIE HIERHER.
DIE SIND SO ABGESCHOTTET, DIE HABEN KEIN GEFÜHL FÜR DIE STADT UM SIE HERUM. DIE KAPIEREN'S EINFACH NICHT. TOTAL KURZSICHTIG-- DIE DENKEN NICHT AUF LANGE SICHT.
UND WAS HABEN SIE VOR?
IHNEN BAMBUS ANZUBIETEN. WIEDER EINMAL. ABER SIE MÖGEN DAS ZEUG NICHT. ALSO VERSCHEUCHEN WIR SIE, ERSCHIESSEN VIELLEICHT EIN, ZWEI.
IM ERNST?
ÜBER LETZTERES SOLLTEN SIE BESSER NICHT BERICHTEN.
HE, WO ÜBERNACHTEN SIE EIGENTLICH?

HEY, PASST AUF! DA SIND PLÜNDERER!
ROTH-- HIERHER.
DAS MÜSSEN SIE SELBST SEHEN.
DAS SIND... EIN DUTZEND? ICH SEH'S-- KETTENSÄGEN. **MIST**.
DAFÜR HABEN SIE TREIBSTOFF...?
WHOOOSH
BZZZZZZZ
HEILI-GER--!
IST DAS EINE DROHNE? SIE HABEN DROHNEN?
AUFPASSEN, BITTE. DAS FERNGLAS.

72°56.223
158°38.964
HOOP 0.9
VOOP 1.32
POOP 1.60
175°
5.2
SEHEN SIE? SIE SCHIESSEN DARAUF.
CHK-CHK
KA-BLAM
JA, ABER--
CHK-CHK
KA-BLAM
WAS IST--
BOOM
BOOM
BOOM
BOOM

WAS ZUM TEUFEL SOLL DAS? DAS WAREN STREUBOMBEN!
WIR TUN NUR UNSEREN JOB, ROTH. WIE GESAGT.
WIR HABEN ALLES VERSUCHT. WIR HABEN DIE BÄUME MIT NÄGELN VERSEHEN, WACHEN AUFGESTELLT, SCHMIERGELD ANGEBOTEN, GEISELN GENOMMEN... UMSONST.
SIE TÖTEN UNS, WIR TÖTEN SIE.
UND DABEI SOLL ICH IHNEN AUCH NOCH HELFEN?
WAS SEID IHR FÜR TYPEN?
MIST.
ACHTUNG! DECKUNG!
KILL
SUCKS
BRUMMM-BRUM-BRUM-BRUM

POW
POW
RATTATATTATTATATAT
NFFF!
THMP

LOS, LOS, LOS!
BRUMMM-BRUM-BRUM
BRUM-BRUM
UUF!
BRUMMM-BRUM-BRUM-BRUM
MIST!

HE, MILLER, DIE HAUEN AB!
MILLER...?
HABEN BESTIMMT KAUM NOCH SPRIT... WIE GUERILLAS... WÜRD ICH AUCH SO MACHEN...
UNSERE RESERVE IST EH BALD HIER...
SCHEISSE. SIE WURDEN ANGESCHOSSEN!
HÄ... ACH NEE, DUMMER... WICHSER...
HE... SIE HABEN MEINE FRAGE NICHT BEANTWORTET... WO ÜBERNACHTEN SIE?
WAS? IST DOCH VÖLLIG EGAL!
HÖREN SIE... BRUSTTASCHE... UMSCHLAG MIT SCHLÜSSEL... LOS.
DER SCHLÜSSEL GEHÖRT ZUR ALTEN WOHNUNG MEINER MA... STUY TOWN... KARTE UND TÜRCODE IST DABEI... LEER, ABER SICHER...
GEHEN SIE HIN... ECHT, MANN... SCHREIBEN SIE DIE STORY... IST 'N HÜBSCHES APARTMENT, KUMPEL...

HE... AUF-GEPASST...
SIE KÖNNEN DA BLEIBEN... ABER NUR BIS MEINE MA WIEDER-KOMMT...
UND SIE MÜSSEN UNSE-RE GESCHICHTE ERZÄHLEN, JA? WIR WOLLEN NUR HELFEN...
ICH... VER-SPRECHE ES.
HE... EINS NOCH...
ERWÄHNEN SIE'S NICHT, JA? ABER SOAMES HAT GELO-GEN... WIR **SIND** DIE GEISTER...
DAS WEISS ICH.

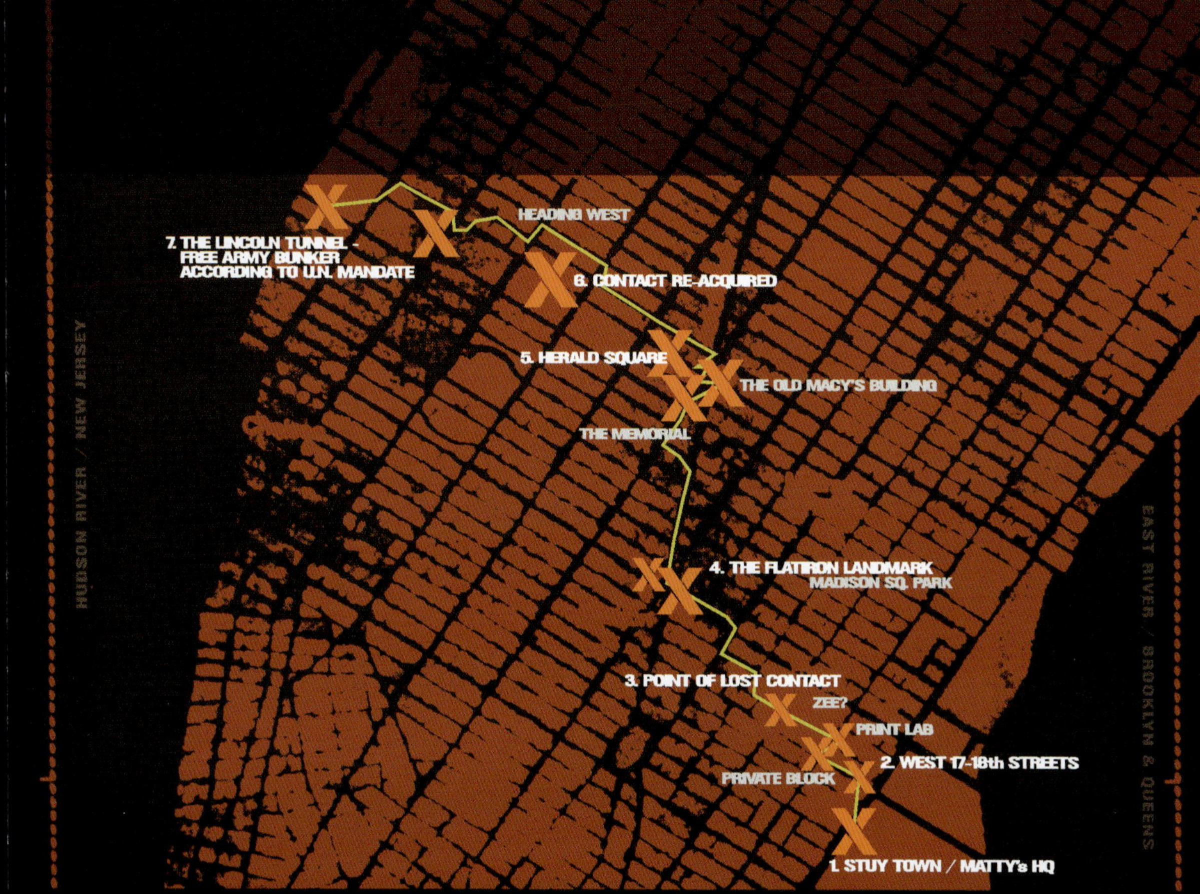
HEADING WEST
7. THE LINCOLN TUNNEL -
FREE ARMY BUNKER
ACCORDING TO U.N. MANDATE
6. CONTACT RE-ACQUIRED
5. HERALD SQUARE
THE OLD MACY'S BUILDING
THE MEMORIAL
4. THE FLATIRON LANDMARK
MADISON SQ. PARK
3. POINT OF LOST CONTACT
ZEE?
PRINT LAB
2. WEST 17-18th STREETS
PRIVATE BLOCK
1. STUY TOWN / MATTY's HQ
HUDSON RIVER / NEW JERSEY
EAST RIVER / BROOKLYN & QUEENS

OFFICIAL
OFFICIAL
OFFICIAL
DAY
204
GAMES
WAY
365
TRK
44444
PULL OUT!
PULL OUT!
ROOTS
世界

STUYVESANT TOWN/PETER COOPER VILLAGE.
14. BIS 23. STRASSE, 1ST AVE BIS AVE C.
MANHATTAN, NEW YORK CITY, DMZ
Stuy Town. Mit Millers Schlüssel bekam ich auch einen Plan und einen Türcode. Mit dem einen fand ich das Haus, mit dem anderen kam ich rein.
In den letzten drei Wochen habe ich mich eingelebt, Berichte und Kontakte gemacht, die Stadt erkundet.
Stuy Town ist eine Art geschlossene Gesellschaft mit ziemlich extremen Aufpassern. Manchmal gibt es sogar Strom, den man aus dem City-Netz abgezweigt hat.
Bis es einer versaut, der versucht, sich einzuklinken.
Wenn die Lichter mal an sind, lade ich meine Batterien auf und versuche, Radio zu hören.
Das Signal von Liberty News ist so stark, dass man es kaum vermeiden kann. Aber die Piratensender sind die spannenden.
Dann gibt's noch "Radio Free New Jersey", aber so viel Springsteen kann ich nicht ertragen.

Eine Stunde Strom ist reinster Luxus. Ein riesiger Jubel weht durch die Straßen, und die Party beginnt.
Wenn man jetzt auch noch heißes Wasser hätte, gäbe es nichts zu meckern--
WER IST DA?
HALLO?
CRASH

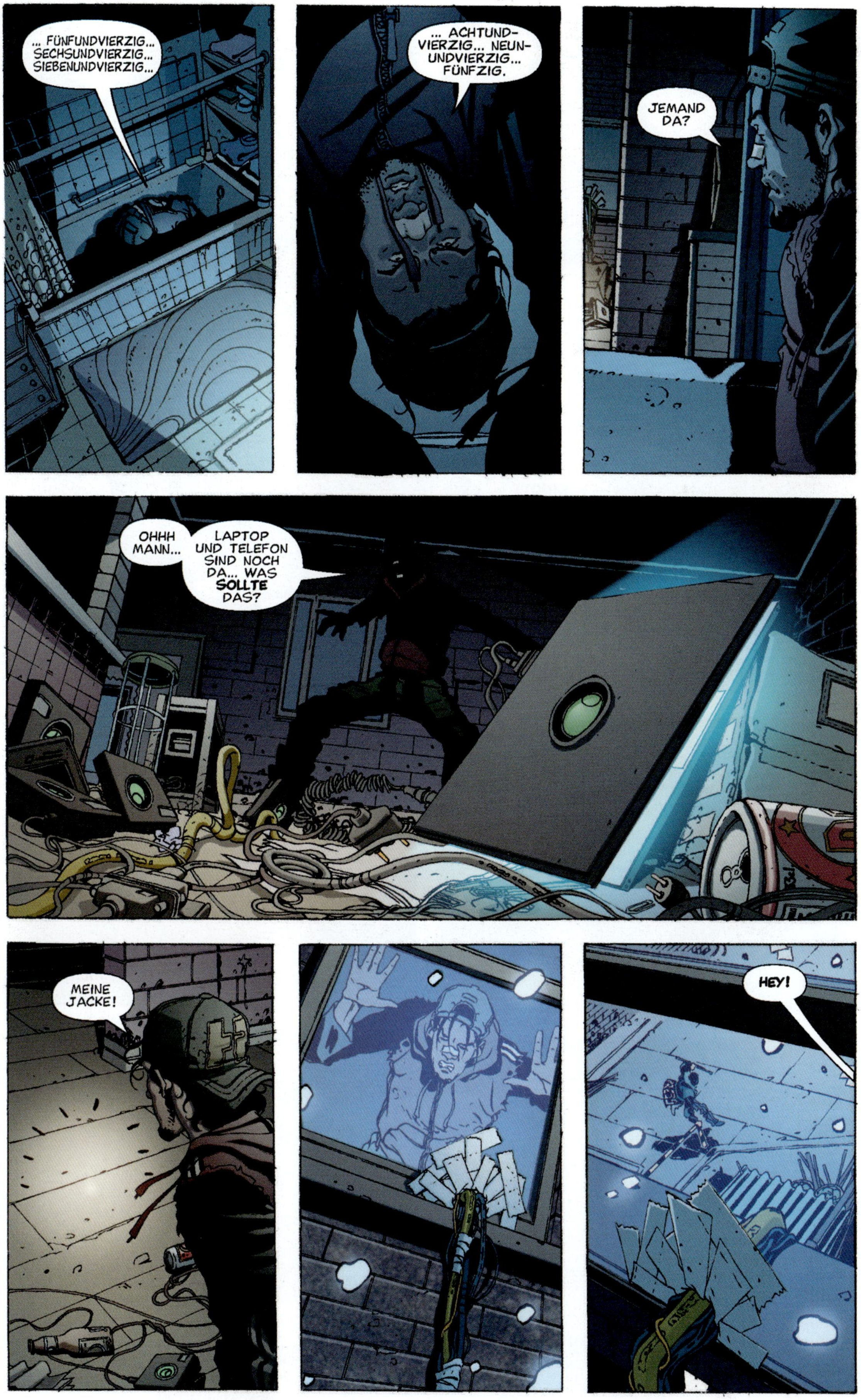

... FÜNFUNDVIERZIG... SECHSUNDVIERZIG... SIEBENUNDVIERZIG...
... ACHTUND-VIERZIG... NEUN-UNDVIERZIG... FÜNFZIG.
JEMAND DA?
OHHH MANN...
LAPTOP UND TELEFON SIND NOCH DA... WAS **SOLLTE** DAS?
MEINE JACKE!
HEY!

Wer klaut denn 'nen Parka und lässt einen Laptop liegen?
Blöde Frage. Von der Jacke hängt mein Leben ab. Etwas, das Heckenschützen vom Feuern abhält, ist viel wertvoller.
HE, WER WAR DER KERL, DER HIER GERADE DURCHRANNTE?
MATTY... DACHTE, DAS WÄRST DU GEWESEN, WEGEN 'NER STORY... DIE JACKE...
HERRGOTT NOCH MAL... DER WAR VIEL KLEINER ALS ICH!
HAST DU SEIN GESICHT GESEHEN?
TUT MIR LEID... ICH HAB NUR DIE JACKE GESEHEN.
DU HAST DOCH NOCH DEN AUSWEIS, ODER?
... DER AUSWEIS...
Back door!
SCHEISSE, ER HAT IHN GEKLAUT!
TOUR

Ich bin erledigt.

WO LANG?
... MATTY?
DER KERL MIT MEINER JACKE-- WO LIEF ER LANG?
Total erledigt.
UPTOWN! NACH WESTEN AUF DER 17.!
Wegen der Jacke könnte ein Schütze zögern.
Die Jacke verschafft mir ein paar Sekunden. Aber solche Jacken können gefälscht werden. Meine eigene ist ja auch selbst gemacht.
Doch der Ausweis ist meine Lebensversicherung und Eintrittskarte.
DMZ CREATED BY WOOD & BURCHIELLI

Mist. Ein Privatblock. Gibt's überall...
... und an der East 17th ist es am schlimmsten.
...
Todeszone.
Da.
BLAMBLAM
BLAMBLAM
BLAM
THUNK
THUNK
THUNK

THUNK
THUNK
THUNK
THUNK
THUNK
THUNK
THUNK
DAS IST DOCH KEIN SCHEISS DURCHGANG. VERPISS DICH!
ENEMY
MIST!
UFF!

MIST.
!
WERBIST'NDU SCHEISSER?
NIEMAND. BIN SCHON WEG. TUT MIR LEID.
PENNER.
Das war ganz übel.
"Privatblock" klingt ja ganz okay. Aber dort herrschen abgeschottete, archaische Verhältnisse.
Die teilen alles und rotten sich zum Schutz zusammen. Ein Stamm.
Aber einer ist immer der Boss. Und meist auf Kosten der anderen.
Steinzeit-lich.

WHOA!
HEY, MANN.
SUCHST DU DEINEN FREUND?
KLEINER TYP, SCHWARZER PARKA?
JA, DAS IST DIESER REPORTERTYP, ODER? VON JENSEITS DES FLUSSES? ER IST DA VORNE DURCH. WAR ECHT IN EILE.
HIER, NIMM DAS. FÜR UNSERE VERNISSAGE NÄCHSTEN MONAT.
EIN PAAR BANDS SPIELEN. WIRD COOL.
JA, COOL... ABER... ICH MUSS LOS--
NIMM EINE. UND BRING DEINEN FREUND MIT. VIELLEICHT SCHREIBT ER WAS...
TOO LATE!
BIST DU AUCH EIN PROMI?

Gramercy Park. Hah.
Vielleicht schaff ich's ja zu dieser Vernissage.
ENEMY
Dort.
PRE
Direkt vor mir.
HEY, HEY, GANZ LOCKER, KUMPEL.
LASS MICH.
!
LASS MICH!
DAS IST EIN SCHEISS DIEB--
KRAK

ECHT, ICH HAB IHN KAUM BERÜHRT!
ALLES OKAY. ER FÄLLT GERN MAL IN OHNMACHT.
ZEE?
MATTY, VERSUCH NOCH NICHT AUFZUSTEHEN. BLEIB--
ABER DU HAST DEN FALSCHEN ERWISCHT. DAS IST DER AMERIKANISCHE JOURNALIST.
MEINE JACKE...
NO WAY
DU WURDEST REINGELEGT. DU HAST DEN FALSCHEN NIEDERGESCHLAGEN.
ABER DER HIER HATTE VOLL DEN MORD IM BLICK. UND DER ANDERE HATTE 'NEN AUSWEIS!
ALSO MACH MICH NICHT AN!
... WO IST ER HIN?
HEY-- WO IST ER HIN?

NACH WESTEN. WIR HABEN IHN KURZ FEST-GEHALTEN, ABER ER HAT ZWANZIG MINUTEN VORSPRUNG. SAGTE, ER WÄR AN 'NER FETTEN STORY DRAN.
UND SIEH MICH NICHT SO AN. ER GE-HÖRT GANZ DIR.
ER HAT MEINEN AUS-WEIS.
ICH HAB ZU TUN, MATTY. WARUM ZAUBERST DU KEINEN LUFT-ANGRIFF HERBEI?
W for ADULT
KEBAB FELAFEL 1$ OR 2 lt CLEAN WATER
WRESTLER MANIA
COMICS ADDICTED
GUT.
WIESO HAST DU MICH AN-GERUFEN?
ER HATTE DEINEN NAMEN UND DEINE KONTAKTDATEN AUF EINER KAR-TE IN SEINER BRIEFTASCHE.
WIE "NÄCHSTE ANGEHÖRI-GE" ODER SO...
TOLL.

• DAS FLATIRON-GEBÄUDE
GESCHÜTZT DURCH EINE GEMEINSAME VEREINBARUNG VON FSA UND USA, DIE HISTORISCH BEDEUTSAMSTEN GEBÄUDE NEW YORKS ZU ERHALTEN.
STÄNDIGE SATELLITENÜBERWACHUNG – 20 METER ABSTAND SIND JEDERZEIT EINZUHALTEN
Hier war ich noch nie.
Ich weiß aber, wohin ich gehe. Ich habe mir den Stadtplan eingeprägt-- ohne Fernsehen hat man eben abends viel Zeit.
Zee ist immer noch angepisst.
Aber ich kann jetzt nicht an sie denken.
50 FEET

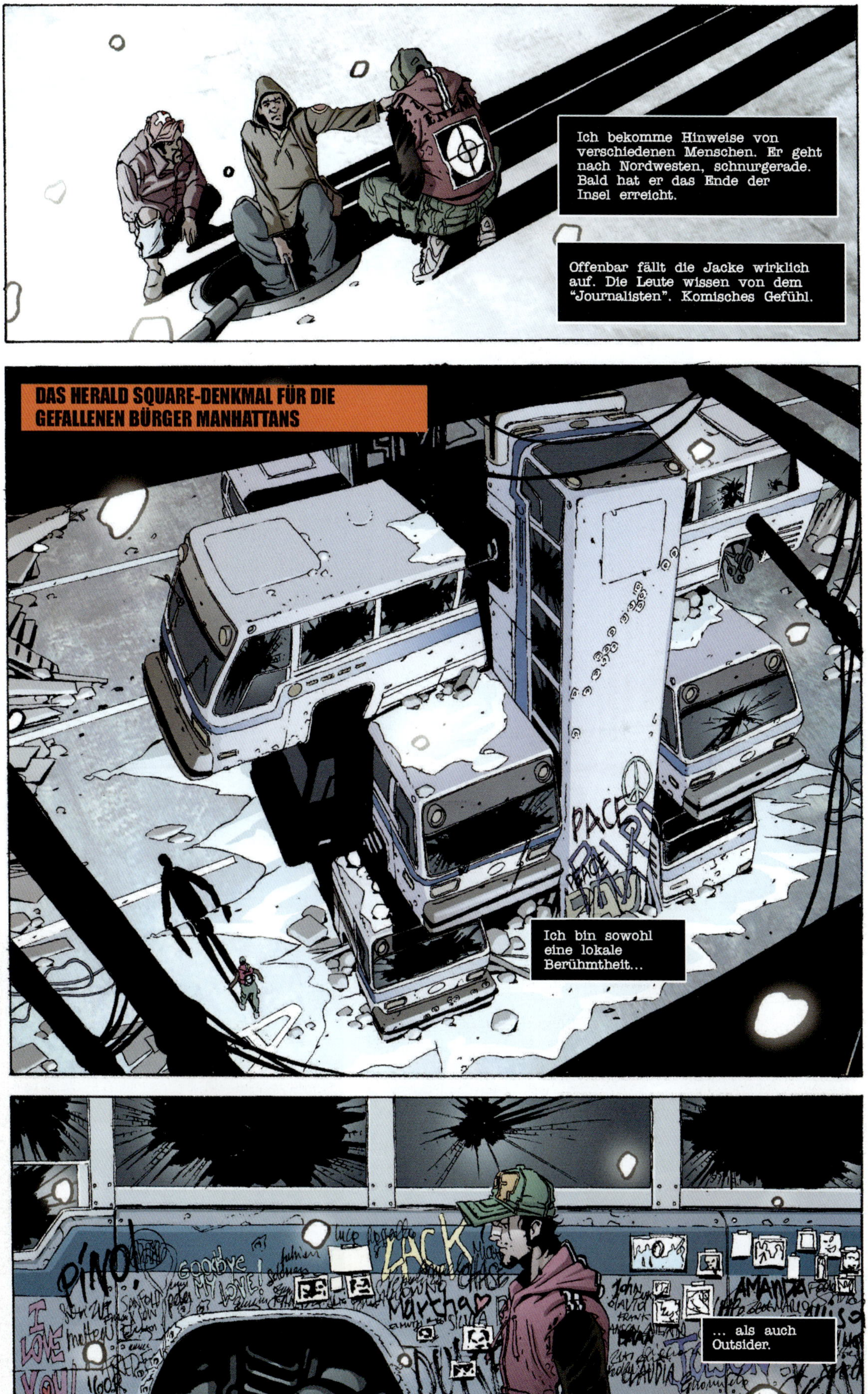
Ich bekomme Hinweise von verschiedenen Menschen. Er geht nach Nordwesten, schnurgerade. Bald hat er das Ende der Insel erreicht.
Offenbar fällt die Jacke wirklich auf. Die Leute wissen von dem "Journalisten". Komisches Gefühl.
DAS HERALD SQUARE-DENKMAL FÜR DIE GEFALLENEN BÜRGER MANHATTANS
Ich bin sowohl eine lokale Berühmtheit...
PACE
... als auch Outsider.

THE WORLD'S LARGEST STORE
Sie sehen nicht mal mich... nur das Logo.
Ein Symbol–
KRIK
Feet Locker
HOPPLA!
Mist!
Und jetzt?
Nun... Keine Wahl. Ich rufe die Kavallerie.
!
HEY!

SCHEISS ANFÄNGER! VERSCHISSENER GOTTVERFLUCHTER ANFÄNGER!
MITTEN REINGELATSCHT.
Sq. G... PENN Station
DRECKSACK!
KRIK
K-21
HAR HAR!
Scheiße.

BOOM
BOOM
WHOOM
BOOM
THOOM

HUST HUST
HA HA HA! WAS FÜR EIN VOLLDEPP!
GIBT'S DOCH NICHT!
Das war's. Hab ihn.

Er hat Angst. Wer Angst hat, baut Mist.
Ich lebe lange genug hier, um das zu wissen.
GHI
PARK
EAST
FUCK
HERE
NO WAY
Der Hudson River ist vier Blocks entfernt. Ich hetze ihn in diese Richtung. Bald hat er keinen Ausweg mehr.
Ich hoffe, er begreift das bald und gibt auf, bevor--

Der Lincoln-Tunnel.
Gebiet der Freien Staaten, vermittelt durch die Quebecer in der letzten Verhandlungsrunde. Sie kontrollieren rechtskräftig diesen und den Holland-Tunnel, während im Gegenzug die USA die East River-Übergänge überwachen.
YOU ARE ENTERING E.S.A. TERRITORY PER U.N. MANDATE
THE FREE STATES WELCOME YOU!
STEHEN BLEIBEN.
WAS TREIBT IHR HIER?
DER TYP VERFOLGT MICH SCHON DIE GANZE ZEIT. ER IST TOTAL IRRE, JAGT MICH DURCH DIE HALBE STADT.
ICH HAB NICHTS GETAN, ABER ER HAT'S AUF MICH ABGESEHEN-- SIE MÜSSEN MIR HELFEN, BITTE!
BITTE...
STIMMT DAS? JAGEN SIE DEN ARMEN KERL, MR. ROTH?
... WAS? WOHER WISSEN SIE--
WIR EMPFANGEN LIBERTY NEWS AUCH BEI UNS. "NEWS FOR AMERICANS"? SIE HABEN HIER DIE ECHTESTEN, REINRASSIGSTEN SCHEISS AMERIKANER VOR SICH, DIE SIE JE GESEHEN HABEN.
ZIEH DIE JACKE AUS, JUNGE. GIB SIE ZURÜCK.
WENN NICHT... DA OBEN STEHEN FÜNF BEWAFFNETE MÄNNER MIT SCHIESSBEFEHL.

DANKE.
FALLS SIE JE LUST HABEN, EINE STORY ZU SCHREIBEN ÜBER WAHRE, EINHEIMISCHE, FLAGGEN VERBRENNENDE, GUTE ALTE AMERIKANISCHE **VERRÄTER**... SIE SIND HERZLICH EINGELADEN.

HOME OF THE FREE
HOME OF THE FREE
HOME OF THE FREE
FREE ARMY AREA
LINCOLN TUNNEL GATE
ALT
SIE FINDEN UNS HIER.
ENDE